相對世界。明日終結？

櫻木優平／著
許郁文／譯

あした世界が終わるとしても

suncolor 三采文化

狹間 真

18歲

幼時喪母之後，就封閉內心世界的高中三年級學生。
平常總是和同學保持距離，但只要遇到與青梅竹馬．琴莉有關的事，就會感情用事。

狹間 JIN

18歲

反日本公民共和國的居民。
因幼時母親被處死，而對國家與公女懷恨在心。企圖以父親開發的遠端人型兵器阿爾瑪與相對空間擴充機暗殺琴子。

泉琴莉

18歲

α世界

真的青梅竹馬與同校同學。
不擺架子與容易與人親近的性格，所以有許多朋友。從小就很在意真的大小事情。

日本公民共和國的現任公女。
在巨大的圓形建築內進行裁決、施行獨裁體制。雖然得到圓形建築內部的居民異常支持，卻也被反日本公國的勢力視為罪惡的根源，成為被憎恨的對象。

繁體中文版獨家作者序——

影像與文字的反差與樂趣

因為想近距離描寫日本年輕人的生活樣貌，這部小說才得以誕生。我希望透過文字讓讀者們感受日本現今的氛圍，這是身為作者最大的喜悅。這部小說是從動畫電影《相對世界。明日終結？》改編而來，當初得知要從影像轉換為文字時，剛好是電影正準備要收音的時候。

我雖然曾經寫過影片腳本，但是這樣一部純文字的作品還是第一次，一開始寫作之後，就一直思考接下來該怎麼寫才好。首先，最困難的是，角色心境的描述方式與影像作品完全不同。例如想表達主角的想法時，只要直接寫成文字即可，其他像是讀者能自由切換時間軸的思維以及人物輪廓的描寫方式，都與影像作品完全不同。

寫成小說後，我也發現一些之前沒發現的部分。例如角色在心境上的流轉以及行動背後的動機等等。不知不覺，我越寫越有趣，更覺得這段時間非常有意義。這本作品讓我感受到寫小說的魅力，非常感謝各位讀者們願意翻開這本書，若能讓各位讀者從中感受到任何樂趣，就是我最大的榮幸。

二〇一九年三月　櫻木優平

CONTENTS
目錄

PART

1

第一部

α世界──I

【真】

就算明天世界毀滅，我也無所謂。

夜裡，我獨自在漆黑的房間裡想著。帶著秋意的寒風從窗戶縫隙悄悄地吹了進來。

我常回想自己的過去。八歲時，母親突然去世後，父親就像是為了逃避這個事實一頭栽進工作裡，很少回家，我也自此失去了家庭溫暖。但這樣的情況在這時代並不少見，這點我還是知道的。

我常思考自己的未來。再過不久就是大學入學考試，但我從來沒為成績煩惱過，我大概有遺傳到父母親的優秀頭腦吧。我該感謝他們，這點道理我還是明白的。

我對目前的人生沒有不滿。只是，該怎麼表達這種感覺呢？還是說，沒有表達的必要？我有想傾訴的對象嗎？我也不清楚。總之，就算明天世界毀滅，我也無所謂。我原本是這麼想的。

按掉手機的鬧鐘後，我從床上坐了起來，明亮的晨光從窗簾的縫隙射入。下床後，我走向一樓的客廳，看來爸爸今天也睡在公司吧。空蕩蕩的兩層樓透天厝靜得沒有半點迴音。

我從冰箱拿出一瓶礦泉水與燕麥棒。自從在某本雜誌上看到，早上吃固態食物有益健康的報導後，我的早餐就一直是這樣。我把礦泉水放在桌上，開始瀏覽手機裡的新聞。

「猝死案例持續增加。究竟背後有什麼原因？」

猝死啊……這類報導真是層出不窮。最近這類新聞多到都看膩了，每篇報導只是妄自推測，根本沒有正確答案，看再多也只覺得厭煩。況且這也不是個人能解決的問題，想幫忙也幫不上忙。我啃著燕麥棒，心裡這麼想著。

「你決定要考哪間？」

「唉，我還拿不定主意啦，也沒有想做的事情啊。」

「再不快點決定就完蛋了啦。」

「也是啦。」

走廊貼滿了大學入學考試的海報以及聯考簡介，許多與我同年級的學生站在這些海報前面聊天。不到半年就是大學考試了，我穿過這些人群，走進教室後，坐在自己的座位上趴著睡覺。旁邊的同學三三兩兩地在聊天，內容都是一些沒什麼營養的流行話題。在如此吵鬧的教室裡，我突然覺得有人站在我的座位前面。

「早啊，真。」

原來是隔壁班的青梅竹馬泉琴莉啊。我把頭抬起來後，琴莉蹲了下來，把手肘靠在桌邊跟我說話，她的臉靠得好近。

「你爸爸回家了嗎？」

「沒，今天早上也沒回家。」

我假裝不是很在意。

「他已經三天沒回家了吧？根本就是黑心企業嘛……要不要我跟我爸說說看？」

琴莉的父親是日本首屈一指的大企業「泉重工」的董事長，而我的父親狹間源司則是泉重工東京研究所的所長。他一旦埋首研究，幾天不回家也是常有的事。

「不用這麼麻煩啦，反正他也喜歡這樣。」

「你一個人沒問題嗎？今天要不要來我家睡？」

真是的，這傢伙真的知道自己在說什麼嗎？正當我這麼想時，從琴莉身後經過的女同學立刻揶揄地說：

「琴莉啊，一大早就展開攻勢了嗎？」

「我又不是那個意思！我們只是青梅竹馬啦！」

唉，這種反駁豈不是更丟臉。

「知道啦知道啦，早安囉～」

女同學隨口敷衍一下，就朝窗邊的小集團走去，琴莉則若無其事地，認真看著我說：

「總之，有什麼事的話，一定要告訴我喲。」

「好啦。」

琴莉小跑步回自己的教室。看著琴莉離開後，我又趴下來繼續睡。窗邊那群人的對話傳進我的耳裡，他們是班上的風雲人物。

「他們最近也太常黏在一起了吧。」

「什麼？你對琴莉有興趣啊！」

「怎麼可能，哪有這種事。」

我不太喜歡成為別人討論的對象。但是，隨便他們說吧，反正無所謂。

我閉上眼，抓緊上課前的這段時間補眠。

午休時間，我躲到學校後門斑駁的水泥樓梯間，拿出手機瀏覽熱門新聞。不斷增加的猝死報導依舊出現在首頁，最近似乎更為頻繁了，不過這也不是我能處理的事，便快速地滑到下一則新聞。沒想到卻看到東京都內連續殺人事件的新聞，看來最近這世界還真是一片混亂啊。

午休的時候，我習慣躲在沒人會去的樓梯間。若是待在教室，就會因為成績不錯而被同學問問題，例如這題該怎麼解或是考試會出到哪裡。指導別人多少會有點優越感，但升上三年級之後，來問的人實在太多，真的有點煩，所以躲來這裡變成我的一種習慣，而且冷靜想想，指導別人根本沒有半點好處。

整座校園內明明有一大群學生，這裡卻靜得不可思議，連枯葉隨風搖曳的沙沙聲都能聽得一清二楚，躲在祕密基地的這種感覺，還真令人放鬆。

「抱歉，突然叫妳出來。」

突如其來的男聲打破了祕密基地的寧靜，煩燥的我只能繼續聽下去。

「請問……有什麼事嗎？」
「嗯，妳現在有交往對象嗎？」
「咦？現在是沒有……」
看來我不小心成了這場告白的見證人。基於好奇心，我往樓梯扶手探出頭一窺究竟，沒想到站在逃生梯出口的竟然是同班的倉瀨與琴莉。
這個場面，連我也難免感到動搖。我想起今早在班上聽到的對話，在乎琴莉跟我是什麼關係的人，的確是倉瀨沒錯。話說回來，這傢伙不是說對琴莉沒興趣嗎？我蹲下來，靜靜地聽著後續的對話。
「抱歉，我現在沒有交往的打算。」
「意思是討厭我？」
「也沒什麼討厭不討厭的。」
「那就是喜歡啊。」

「嗯……也不是這樣……」

這也太強人所難了吧。男人有時候的確是需要大膽一點，加上倉瀨很受歡迎。既然琴莉對倉瀨沒什麼興趣，再這麼講下去，場面會有點尷尬吧。

我輕輕地吸了一口氣後站起來。

「沒差吧，先交往看看，之後的事之後再想啦！」倉瀨說。

正當倉瀨準備拉住琴莉的手時，我走下逃生梯，站在他們面前說：「別這樣！」

看到我冷不防的出現，倉瀨一臉驚訝。

我說：「你差不多該適可而止了吧。」

這次連琴莉也驚訝地回過頭來。

「咦？真？」

「你？你這傢伙怎麼會出現在這？」

倉瀨氣得漲紅了臉。

「我只是剛好聽到你們的對話而已。」

「你給我滾遠一點。」

「可是，琴莉好像對倉瀨沒興趣，不是嗎？」

心裡焦急的我不小心說出真心話。

「幹麼啊你，琴莉琴莉的叫，你這傢伙是泉的誰啊？」

看來我把倉瀨徹底激怒了，這下該怎麼辦。倉瀨往前踏出一步，我原本打算被他揍個一拳就算了事。這時，上課鐘聲響起，倉瀨就像消了風的氣球一樣，放下高舉的拳頭。

「這算什麼啊，你們兩個……」

丟下這句話的倉瀨各瞪了我跟琴莉一眼，倖倖然地離去。對男人來說，真的是種屈辱。我鬆了一口氣後，也打算離開現場。

「我們也走吧。」

「咦？啊、嗯！」

琴莉跟在我的身後，就算看不到她的臉，我也能感受到她有多開心，我算是大獲全勝了吧。

下午的課一結束，我一聲不響地走出教室。

「真，一起回家吧？」

我才剛換好室外鞋，琴莉就這麼問我。這種情況還真是少見，雖然我們兩人的家同方向，但平常都是各自上學。她會找我一起回家，顯然是有話要說。雖說是東京都內，但這一帶的住宅區少有人煙。我走在琴莉後面，途中我們走進一座大公園。染上紅黃秋意的行道樹樹葉，輕柔沉穩地閃爍著陽光。邊踩著堆在石階上的落葉，邊開心地往前走的琴莉突然開口說：

「今天還好有你……幫我解圍。」

是為了道謝才邀我一起回家嗎？知道她的用意後，我也稍微安心了。

「沒什麼……不過，妳為什麼拒絕？」

沒想太多的我，對著琴莉的背影這麼問。

「什麼意思？」

「那傢伙不是很受歡迎嗎？除了是排球隊隊長，臉長得帥，腦袋也還算聰明。」

「你幹麼一直提他啊。」

嗯？琴莉好像不太開心，我說了什麼不該說的嗎？不知說錯什麼的我，只能先靜靜地觀察。

「我們也快畢業了呢。」

話題突然一轉，我只好先接話。

「也是啦，在那之前還有大學考試這關……」

琴莉又沉默了，看來我又說錯話了。過了一會兒，琴莉又開口問：

「我們，再這樣下去好嗎？」

遲鈍如我也聽得出話中之意，琴莉是想從青梅竹馬這段曖昧的關係中畢業，但我決定裝傻，不想正面回答她。

「妳在說什麼啊？」

「你別裝傻了，我可不會一直等你喔。」

看來是躲不了了，差不多是該說清楚的時候了。我思索著下一句到底該講什麼，但想得越久，情況就會尷尬。我從看過的電影與漫畫之中，找出最適當的台詞，結果說出了這句話：「妳明天……要不要和我約會？」

我不敢相信自己的耳朵會聽到這麼老土的一句話，還是說，這時候我該懷疑的是自己的嘴巴？沒想到，我絞盡腦汁，只能說出這句驚人的老掉牙對白。正當我羞愧地想要咬舌自盡時，琴莉停下腳步回頭說：「嗯……啊，好！」琴莉的表情又驚又喜，看來老套牙的台詞才是正確答案。

和琴莉道別後，我回到家，走進玄關，看到父親正準備出門。我突然有種回到現實的感覺，父親身上穿著皺巴巴的襯衫，臉上全是沒刮乾淨的鬍渣與掩不住的疲勞。

「真，抱歉啊，最近很少回來。」

「沒差啦……」

我懶得多看父親一眼，就這樣從他身邊走過。

「抱歉，我得回去上班了，時間快到了……」
「隨你便。」我沒好氣地回了這句話。
「真……」
父親雖然叫住了我，我卻逕自走進客廳，關上玄關的門。過了一會兒，無言以對的父親便開門離去。
「老爸到底是在忙什麼啊……」
他以前不是這樣的。母親還在世的時候，父親總是西裝筆挺，是位舉世聞名的研究者，我非常崇拜他。但母親一死，父親像是變了一個人，為了逃離家裡而寄情於工作，母親的死因就是現在新聞上常見的「猝死」。
那時的我因為母親的死，知道了這世界的不講理，也萌生了就算明天世界毀滅也無所謂的想法。只是，現在不能無所謂了，因為明天要去約會。
・・・

【琴莉】

即使明天世界毀滅，也不會有任何改變。

我提早鑽進被窩，卻怎麼也睡不著。我的世界非常狹小，小到能做的、想做的事情都非常有限，除了那些必須做的，其他事情都跟我沒有半點關係。世界的改變像是與我隔絕，我真心覺得，就算明天世界毀滅，我也不會有什麼改變。

今天比往常更早醒來，約會要穿的衣服早在昨天就準備好了。真喜歡穿黑白色系的衣服，所以我也要搭配同色系的衣服才行。我邊吹頭髮，邊反省自己昨天咄咄逼人的態度。因為真老是少根筋，實在讓人生氣，所以我才會故意說得這麼直白，萬萬沒想到他會這麼直接地問我今天要不要去約會。

現在的真與過去有些不同，但他自己好像沒發現，有時他會做出一些驚人之舉，例如倉瀨向我告白的時候，他出聲阻止了這一切。真這個人凡事都合理主義，所以總是極力避免與別人閒聊，因此朋友很少。因為這樣，真只跟我聊天這件事才會讓我這麼開心吧。

我們約好上午十一點，在新宿站東口前面集合。提早到達約定地點的我，發現真已經先到了，靠著護欄的他正頻繁地看手機確認時間。這副模樣實在太可愛了，所以我決定躲在一旁觀察他。十一點一到，我走到真的面前，他因為很專心地滑手機所以沒注意到我。

「真！」

他驚訝地抬起頭，仔細打量我的全身裝扮，看來今天的搭配很成功。

「抱歉，等很久了嗎？」

「不會啦，我也才剛來。」

這種愛情喜劇才會出現的對白，讓我不禁笑了出來。

「笑什麼啊……」

難為情的真實在好可愛。我立刻挺直身體，又迅速地低下頭，一如愛情喜劇裡的主角般說：

「今天麻煩你帶路囉。」

「……那，走吧。」

不知所措的真往前走，我則跟在後面。

真安排了一套很周全的約會行程，例如把購物行程安排在後半段，以免手上拿著一堆東西，他在這部分真的很細心。

第一個活動是看電影，因為我們對愛情片沒什麼興趣，就選了現在當紅的外國電影。電影還算有趣，我們一邊聊著感想，一邊往遊樂中心走去，一起拍了大頭貼。我很常跟朋友拍這個，但真似乎是第一次拍，從頭到尾都顯得不知所措，他慌張失措的樣子真有趣。之後我們在咖啡廳吃了簡餐，然後再去逛街購物。雖然都是我在買，但最開心的是，真很貼心地幫我提了所有的戰利品。

因為逛得有點累了，我們決定去伊勢丹的露天花園看看。小時候父母親曾經帶我來過一次，事隔這麼多年再來，這裡依舊綻放著許多繽紛的花朵。這份懷念的心情讓我興奮地跑來跑去，但真似乎有點累了，只是坐在板凳上看著我。

逛了一整天時間也差不多了，也玩得很開心。不過，還有一件很重要的事沒做。我一邊欣賞著每朵花，一邊若無其事地走近真，背對著他繼續賞花，結果真突然叫了我一聲：

「琴莉。」

「嗯？」

我轉過去看著真，那個瞬間我覺得他要跟我告白了，我等這一刻，等了好久好久。

「我……對妳……」

這時，包包裡的手機突然響了。這個時間點未免太不湊巧了吧，我慌張地拿出手機一看，原來是爸爸。被打斷的真明顯動搖了，嘎然作響的手機鈴聲把告白的氣氛都破壞了啦。

「抱歉，是爸爸打來的。」

我勉強擠出一句道歉後，便接起電話。為什麼偏偏在這時候打來，這樣會被女兒討厭的啦，我甚至打算在電話裡抱怨個一兩句。

「什麼……？」

不過，爸爸在電話裡的一字一句，攪亂了我的思緒。

「嗯……我來告訴真好了。」

講電話時，我盡可能不讓真察覺我在動搖，然後掛掉電話。

「怎麼了嗎……？」

真不安地問著。看來，還是被他發現了，我輕輕地吸了一口氣，直視著真的臉說：

「真……」

我接下來要說的事情。

「你冷靜聽我說。」

會讓真很難過。

β世界——Ⅰ

【琴子】

日本公民共和國的首都位於新宿，聳立於首都中心的公居是由巨濠與石牆層層包圍，從公居放眼望去是整片的高樓大廈，籠罩著公居與大樓群的是「圓形建築」。直衝天際的紅色高牆又重又厚，圍成圓形的高牆上方是透明堅固的天蓋。

圓形建築與神話中的城寨極為相似，散發出難以越雷池一步的森嚴感，能住在圓形建築內的只有出身高貴的貴族或是能為日本公國創造利益的人。這些人過著隨心所欲的生活，日本公國也看似一片祥和。唯有在公女琴子，也就是我面前，是他們最狂熱的時候。現在，正是那個時刻。

群眾高聲大喊。

「狹間郡司必須死！」

巨大的刀刃在群眾的鼓噪下落下，手腳被束縛而跪在地上的中年男子瞬間人頭落地，頭顱在地上滾動。瞬間，群眾高聲喝采。處刑台的周圍有數千人圍觀，每個人都高舉雙手，露出興奮到恍惚的神情。我站在如高聳尖塔的演講台頂點，俯視群眾地說：

「我乃公女琴子。」

群眾用熱切的眼神仰望著我。

「各位子民需時時崇拜我、敬愛我，不容片刻或忘。」

歡呼聲進一步響徹雲宵。我看了一眼郡司的遺體，便拉好裙擺，往公居深處走去。回到房間，坐回玉座後一會兒，身穿白袍的日本公國研究所所長走進這個偌大的房間，向高坐玉座的我跪拜。

「美子與理子的傳送已準備就緒。」

「太好了，感謝你們的協助。」

不久之前就開始推動的計畫，終於要付諸實行了。我從所長手中接下資料，資料上貼著一張與我長相相同的少女照片，下方寫著「泉琴莉」。

・・・

【JIN】

牆外的世界除了荒漠，便是都市廢墟。首都原本的範圍很廣闊，如今只剩下那個紅色圓形建築，其餘都化為廢墟和荒野。斑駁的柏油路在傾頹的高樓之間不斷向前延伸，一襲黑服的身影正握緊拳頭站在道路盡頭，瞪著圓形建築。牆內傳來的歡呼聲至今未停，這是宣告父親死訊的歡呼聲。我，狹間JIN，這輩子都忘不了這個聲音。

我閉上雙眼，短暫地默禱後，便掉頭離去。從陳舊的地下鐵入口沿著樓梯往半盞燈都沒有的黑暗深處走去。走到月台後，打開夜視鏡，沿著鐵軌穿過堆成一座座小山的瓦礫。這些地下鐵的牆壁或地面都開了大洞，若將這些洞視為通路，周邊的地下街與上下水道便串連成規模如東京二十三區龐大的迷宮，與日本公國對抗的居民們便潛伏在這座地下迷宮裡。

凝結的空氣中隱約夾雜著汙水臭味，我走了快一個小時之後，抵達父親的研究設施。父親已經死了，只剩下遠端人型兵器阿爾瑪在等著我。站在有著骷髏頭顱、身高近三公尺的阿爾瑪面前，我下定決心，要改變這個國家。

我將父親開發的相對空間擴充機裝在右臂，瀏覽父親留下的計畫內容。這份資料上貼著一張與我長相相同的少年照片，他的名字是「狹間真」。

PART 2

第二部

α世界——II

【真】

父親死了。

我對父親說的最後一句話是「隨你便」，沒想到父親真的死了，死因是猝死。來參加父親喪禮的人比想像得多，大部分都是泉重工的同事。父親的遺體是在泉重工的研究所被發現，琴莉的父親同時也是泉重工的董事長泉宗也來拈香。

「沒能讓他常回家，真的很抱歉……不過他的研究能拯救許多人。」

泉叔叔雖然向我道歉，但從經營者的立場來看，反而是我們家造成公司麻煩才對。所謂的研究，不過是逃避現實的藉口罷了，父親的猝死是自作自受，我一點也不傷心。琴莉就站在泉叔叔身邊，但我不想看到她悲傷的模樣，所以刻意迴避她的視線。

「高三的決定會影響往後的出路，你可得好好想清楚了。」

走出學生指導室之後，級任老師叫住我，語重心長地叮嚀了這番話。言下之意，是反對我經過深思熟慮後所做的決定。

放學後，我在鞋櫃前換鞋子時，琴莉叫住我。自從約會那天得知父親突然去世的消息之後，琴莉都會在鞋櫃這邊等我。我知道她是因為擔心我，但這讓我有點鬱悶。

兩人不發一語地穿過每天必經的公園後，琴莉首先打破沉默。

「剛剛在學生指導室裡，老師跟你談了什麼嗎？」

看來被琴莉看見我從學生指導室走出來了。反正不管怎樣她都會擔心，不如直接了當地告訴她答案。

「……我打算放棄升學，直接找工作。」

「咦？為什麼？」

「一方面是沒錢，所以倒不如早點上班養活自己。」

琴莉的反應果然如我猜想的一樣。

「要不要我跟爸爸……商量看看？」

琴莉話說得吞吞吐吐。其實我現在的生活費已經由泉重工全額支付了，沒有親戚可以依靠的我，不得不接受這番好意，但也不能一直這麼死皮賴臉下去。

「我想，真的父親一定希望你繼續升學的。」

「父親怎麼想已經無所謂了吧，我不想把兩件事扯在一起。」

因為琴莉突然提起父親，讓我不假思索地出言反駁。

「雖然我不是太懂，但應該是很厲害的研究吧？」

「再厲害也沒用，還不是什麼結果都沒有就死了。」

任何袒護父親的言論我都想反駁。

「沒必要說成這樣吧……」

琴莉話才說到一半，我們正好走出公園，接下來就是各自回家的路。

「我走囉。」

「等等，升學的事，真的不要跟我爸爸商量看看嗎？」

「就說不用了，掰啦。」

我掉頭就走，把琴莉一個人留在原地。

「依賴我一下嘛，真這個笨蛋。」

其實我有聽見琴莉的嘟囔，但我還是頭也不回地轉進巷子裡。

秋天的白天較短。我一邊瀏覽著手機新聞，一邊走在不會有人擦身而過的住宅區，之前東京都內的連續殺人事件，又出現了新的受害者。這世界還真是混亂，但反正都無所謂，我對這世界也沒什麼期望。正當我這麼想的時候，突然聽到：「找到你了。」

我抬起頭看看聲音的主人是誰，發現有個男人站在面前。這個身穿黑色連帽T恤，眼神藏在帽子深處的男人，身高與年齡幾乎和我一樣，我不禁問：「你……是誰？」

「我是JIN，你就由我來守護。」

當我還在思索這句話的瞬間，餘光有道來自遠處的光線閃入。在我轉向光線來的方向之前，JIN 搶先一步朝我衝過來。

「快躲開！」

手上的手機被撞落地面。被 JIN 撞飛的同時，我看清了光線的真面目。那道遠處的光線以超高速飛奔至我剛剛站的那個位置，我能辨識光線主體的時間只有一瞬間，是個女孩子！從手臂延伸出來的長劍反射著夕陽。

這名少女因為沒有擊中我們，所以直接撞上旁邊的水泥牆。失去平衡的我跌坐路邊，企圖了解現在的狀況，可是就在我抬頭的瞬間，思考完全停止！因為，和我一同倒地的 JIN，他頭上的帽子因為衝擊而翻開，我清楚地看見他的長相。JIN 居然與我長得一模一樣！

「要逃了！」

JIN 拉著我，逃出小路。我一邊跑，一邊看向後方，果然是一名女孩，我沒看走眼。這名女孩從滿是沙塵的水泥礫堆中站起來，她留著一頭與下顎切齊的黑色短髮，不但面無表情，頭髮也沒有絲毫紊亂。接著，她微微蹲下，作勢要二度衝向我們。

但在動作之前，這名少女突然被一名戴著骷髏面具的男子撞飛。不，不對，那不是人，是人形吧。將近三公尺高的身體有著不屬於人類的長手長腳，而且右肘到手掌的部分就像是一把長槍，剛剛就是他用那把長槍打飛那女孩的吧。

我不小心因背後發生的事情分了神，JIN 便用力地拉著我的手臂說：

「別管了，快跑！」

從頭到尾，我都不知道發生什麼事，總之先跟著跑。眼前這一切與我過去體認的現實有很大的出入，但眼前發生的所有事，不折不扣也是現實。

我被 JIN 邊拉邊跑到了住宅區。女孩與骷髏人形應該還在戰鬥，兩邊暫時都沒追過來。我們跑進一棟長年廢棄的醫院裡，面積與學校差不多，四周有高聳的磚牆，正面的鐵門則用鎖鍊繞了好幾圈。一旁的「非相關人士請勿進入」的招牌已長滿鐵鏽，一看就知道長期缺乏管理的樣子。

JIN不假思索地繞到後面，踩在應該是後門的小鐵門翻進院內，我也跟著翻過圍牆。要是平常的我，絕不做這種違法行為，但現在卻跟著偷翻進去。雖然不想承認，但現在的情況的確令我害怕。我不禁覺得，不管JIN這個男人的身份為何，比起一個人待著，兩個人肯定比較安全。

牆內的建築物長年失修，到處都是破掉的玻璃窗。JIN從沒有上鎖的門侵入後，快速跑進積滿灰塵的走廊，示意要我進入某間病房。

逐漸暗淡的夕陽從灰濛濛的窗戶照進屋裡，JIN靠著窗邊的牆壁向外確認狀況。我一邊以眼角餘光注意JIN，一邊將靠近入口的鐵腳椅扶起來坐著休息。很久沒跑得這麼喘了，一邊調整呼吸，一邊慢慢地觀察整個房間。有幾張鐵腳床四處散置，鐵腳床之間有幾台應該是用來精密檢查的機器與檔案櫃倒在地上，也有部分天花板散落地面。不管怎麼看，都讓人有種晦暗不明的感覺，我忽然覺得自己被捲入滅亡後的世界。

總算放下戒心的JIN，輕輕地靠在窗戶旁的辦公桌，桌上只有佈滿灰塵的包包與寶特瓶。JIN示意要在這裡躲一會兒之後，將視線從窗外移到我身上，我們總算第一次面對面。JIN果然和我長的一模一樣。

「你的……長相……」

「跟你一樣。」

JIN毫不猶豫的回答，證實我的想法沒錯。

但問題不在這裡。問題是，為什麼我們會長得一模一樣？還是說，其實我們兩個是雙胞胎？看我一臉困惑的JIN乾笑了幾聲便開始解釋。

「也難怪你會這麼吃驚吧，我就是你。」

這傢伙到底在說什麼啊？姑且不論長相是否一樣，說我們是同一個人，還真讓人不爽。

「我啊……是從相對世界，來自與這個世界相對的另一個世界來的。」

我完全聽不懂他在說什麼，這一切聽起來就像是個跟現實生活完全無關的幻想故事。

「我跟你的生命彼此相連，你死掉的話，我就會跟著死；我死掉的話，你也會死。」

「你……到底在胡說八道些什麼啊……」

JIN接著說了更多令人倒胃口的事情。

「這就是相對世界的法則。你的父母親之所以會猝死，全都是因為這個法則。」

他到底是從哪知道我父母的事啊，來不及消化這一切的我，有種頭昏眼花的錯覺。

「意思是，只要某一邊的世界有人被奪走性命，另一邊的人就會強制終結生命。」

JIN所說的一切我都懂，但實在超越我所能理解的現實。

「我的父母親是被公女殺害的。」

JIN在說這句話時，口氣非常激動。話說回來，公女又是誰？

「往返兩個世界的技術與遠端操控人型兵器原本是我父母開發的。那些傢伙為了奪走這些技術，抓走我的母親並殺了她，還處死我的父親！」

看來我的父母親在另一個世界也是科學家，這部分還算能夠理解。

「我是為了殺死這個世界的公女才來到這裡！」

「說什麼殺死啊……」

如此不尋常的言論讓我有些膽怯。到現在我還無法確認 JIN 的話到底是真是假，看來是該適可而止了，我唯一能確定的是，JIN 是個危險人物。

「抱歉，從剛剛開始就聽不懂你在說什麼，我要回去了。」

我掩住心中的焦慮，準備離開。

「喂……站住！現在出去很危險！」

我不理會 JIN 的警告，逕自往房門口走去，發現有個巨大的人影擋在門口。快要完全沒入的夕陽，淺淺地映照在骷髏人形的臉上，我只好停下腳步。這一切，全都超乎我的理解範圍。

我重新坐回鐵腳椅上，並且從頭到尾聽完 JIN 的解釋，應該說不得不聽，因為我無力逃離這裡。雖然 JIN 的每一句話聽起來都像是天方夜譚，我卻不得不承認眼前的他，的確長得跟我一模一樣，身邊也有遠端操控人型兵器阿爾瑪。

在相對世界，也就是另一個世界裡，有一個與自己生命相連的個體，JIN的每一句話都基於這個理論。JIN確定我放棄離開這裡的念頭後，便命令阿爾瑪在外面監視。所謂的遠端操控人型兵器似乎能與連結的締結者共享五感，所以JIN也能接收阿爾瑪的視覺資訊，看見阿爾瑪眼裡的一切。

過了一會兒，JIN向我示警。

「來了！」

誰來了？剛剛的女孩嗎？JIN告訴我，那個女孩也是人型兵器。的確，那女孩的動作不像人類，但外表的確是人類。看來另一個世界的科技比我們更進步。

難道，又要戰鬥了嗎？JIN專心地將視線集中於同一點。該不會他正透過阿爾瑪在戰鬥？我也跟著摒住呼吸。IN皺緊眉頭，表情十分僵硬。

下個瞬間，遠處的房間傳來牆壁被破壞的轟隆巨響，我驚訝地望向巨響的方向，看來阿爾瑪開始戰鬥了。只是，遠處不再傳來巨響，該不會阿爾瑪只用剛剛的那一擊就擊倒女孩了吧。為了了解狀況，我望向JIN，沒想到

JIN居然是一副瞠目結舌的表情。

「這傢伙就是這個世界的公女嗎？為什麼會出現在這裡？」

嘴裡念念有詞的JIN兩眼失焦地望向遠方，想必是正在和阿爾瑪共享視覺吧。

「她該不會是那個人型兵器的締結者吧？不對，若真的是這樣的話，也太弱了。那應該只是碰巧跟來這裡而已吧？」

我完全不知道發生了什麼事，只見到JIN的眼中隱約透出亮光，像是喘不過氣般笑了出來。

「看來這世界的公女還什麼都不知道……這下子，我能贏！趁現在殺了她！」

此時。

「不要啊啊啊啊啊啊啊！」

琴莉的哭喊聲從走廊的另一端傳來。人在這一端的我雖然看不見琴莉，還是能立刻聽出那是她的聲音。我立刻明白剛剛JIN的反應。

「難不成，公女就是琴莉？」

因為另一個世界的公女被層層保護，所以想要了結公女的性命，只要殺死這邊的公女就行了，看來這就是JIN的計畫了……。原來這邊的公女是琴莉！只要殺死琴莉，JIN就能復仇成功。

腦中釐清所有頭緒後，我立刻跑出房間。

「喂！」

JIN雖然叫住我，但無所謂，就算明天世界毀滅，我也無所謂。但只有琴莉例外，只有她不行！我在乎的只有她。我一走出房間，立刻被從後方追來的JIN勒住脖子。

我第一次大叫琴莉的名字。

．．．

【琴莉】

震耳欲聾的爆裂聲嚇得我肩膀不斷打顫，聲音是從真走遠的方向傳來的，聽起來就像是汽車高速撞上水泥牆一般。

心中泛起不祥預感的我，往聲音的方向跑去，總算抵達剛剛傳出聲響的地點。

「這是怎麼回事……」

T型路口的水泥牆缺了一大塊，路面到處可見噴散四處的大小碎石。已經有一些圍觀者在看熱鬧。眼前的光景的確很不尋常，就算是汽車衝撞，也該留下一些痕跡才對。

我急忙拿出手機，從通話記錄中點了真的名字。耳邊的手機傳來撥號聲，同時我就聽到熟悉的電話鈴聲，是從腳邊傳來的。

我立刻看向聲音的來源，發現真的手機掉在路邊，螢幕上的來電者顯示著我的名字。為什麼真的手機會在這裡？他該不會被捲入奇怪的事件了吧……。

「找到妳了。」

我的思緒被突如其來的聲音打斷。我轉身後被嚇了一跳，因為有位少女直直地盯著我。她不是普通的少女，而是位絕世美少女，雪白的肌膚配上清秀的五官，常有人以「美得像人偶」來形容美少女，見到這位少女的瞬間，我真的以為她是人偶。

「妳是誰？」

「我叫美子，妳由我，美子守護。」

我皺了皺眉頭。這孩子的聲音沒有絲毫抑揚頓挫，也沒有半點補充說明。我由她守護？這是什麼意思？雖然這回答有點離奇。仔細一看，她的打扮也很奇怪，深紫色的大衣，整齊的短髮上別著花朵髮飾，還戴著手套、穿著靴子，身上每個配件的設計都有點特別。

我總算懂了，原來這孩子喜歡角色扮演，所以刻意扮成電波少女。我向美子簡短地自我介紹後，問了問這裡剛剛發生了什麼事。

聽到她說另一個世界與人型兵器的種種回答後，我覺得眼前這位少女根本活在妄想世界裡，所以只能一邊苦笑，一邊敷衍她，順便讓她看看手機裡真的照片。

「妳有看過這個人嗎？」

「有看過。」

我原本不抱任何期待，沒想到會是這個答案。

「咦？真的嗎？妳知道他們去哪裡了嗎？」

「知道。往這邊。」

美子胸有成竹地往剛剛指的方向走去，看來是打算帶路，儘管還不能相信她，但也沒有別的方法，只能先跟著她走。

我們往反方向沿著目黑川河畔走了一會兒。河畔旁的漫天紅葉十分美麗，這讓我的心情稍微平復，只不過走在前頭的美子仍不斷說著那些虛幻的事情。

「美子是由相對世界的日本公民共和國公女琴子，為了執行本次計畫所催生的瑪迪克遠端操控人型兵器。」

從剛剛我就跟她說過，完全聽不懂她在說什麼，但她似乎沒聽進去。

「誒、是喔、好厲害啊……。話說回來，真的是這個方向，沒錯嗎？我們已經走了一段時間了耶。」

「我已經推測出敵人，也就是琴莉大人口中，真這號人物的下落。」

美子的回答實在有很多吐槽點，而且被人叫「大人」實在很難為情，所以我只打算糾正這點。

「嗯……該怎麼說呢，其實不用叫我琴莉大人啦。」

「我明白了，琴莉。」

這次居然直呼名諱。

「……算了……真、沒事吧。」

美子突然轉身，站在原地看著我，讓我驚訝地停住腳步。美子的腳步一直很快，從剛剛開始我就跟不太上。

「從剛剛聽到現在，妳似乎很擔心真這號人物。」

「嗯，擔心是擔心……」

「琴莉與真是什麼關係呢？」

又是一個意料之外的問題。美子看著我的眼神非常純粹，面對這麼單純的少女，到底該怎麼回答這個問題才好呢。

「哪有什麼關係，我跟真只是青梅竹馬。小時候，真常常來住我家，那是因為真的母親很早就去世了，他的父親因為工作常常不在家，所以我跟他真的沒什麼……」

「我明白了。」

美子像是要阻止我繼續說下去，用手擋在我的面前。明明是她開始的，居然不讓我說，真讓人覺得被羞辱了。

「嗯嗯，原來如此。」

美子的回應沒有抑揚頓錯，絲毫不理會我的心情，逕自向前走去。迫於無奈，我只能先放下這一切複雜的情緒，一路跟著美子繼續走。

走了一陣子，美子總算在一棟廢棄醫院的後門停了下來。眼前這座因夕陽西沉而陷入昏暗的廢墟，看起來就像是鬼屋。

「真在這裡嗎？」

「應該是這裡。」

「妳剛剛提到的敵人，該不會真被不良少年拖來這裡了吧？」

「是啊，要說是不良少年的話，的確是不良少年。」

「真那傢伙在做什麼呀。我們是不是報警比較好？」

我其實很害怕，但美子看起來一點也不怕，面無表情地靠近建築物。

她不知道在後門前面做什麼，反正一定是上了鎖進不去吧。下個瞬間，

就聽見金屬互相碰撞的聲音。

「妳在做什麼啊？」

「門開了。」

「誒？妳打開的嗎？」

美子把門推開。該不會根本沒上鎖，還是鎖早被人破壞了呢？

「那麼，進去吧。」

美子頭也不回地踏進院內。

「等等，太危險了！」

美子沒有停下腳步。雖然我很害怕，但總不能讓一個女孩子自己進去，所以還是追了上去。

進入建築物內之後，美子的步伐依舊沒有半點猶豫，理所當然地準備走上二樓。

「等等，再往上走很危險吧？」

「我明白了，美子先上去偵察。」

「誒？」

說完這句話後，美子便獨自一人，以輕快的腳步跑上樓梯。到底是受了什麼教育才會這麼缺乏常識啊，再怎麼說，一個女孩實在是太危險了。

話說，現在只剩我一個人了。與其說是擔心美子，倒不如說一個人留在這裡怪可怕的，於是我戰戰兢兢地走上樓梯。走上二樓，美子已失去蹤影，我只好繼續順著走廊繼續往前走。
「喂……真是的，那孩子怎麼自己先走掉啦……」
眼看從窗外射入的夕陽越來越暗淡。
「已經要天黑了唷……」
沿著窗邊的走廊走了一會兒，看見一條貫穿建築物中央的長廊，長廊盡頭有片大窗戶，即將西沉的夕陽就從那裡射入紅光，窗戶前方有個人影。逆光讓我看不清楚，但肯定是美子。
「喂，別一個人走太快，很危險的。」
稍微安心的我，大聲喊了美子，接著往她的方向走去。但是，美子舉起手，制止我前進。我不明就理地問：
「美子，怎麼回事？」
「別過……」
話說到一半，美子身邊的牆壁突然爆開。
四處飛散的水泥碎礫與煙塵掩住了美子的身影，我因為這個偌大的衝擊當場跌坐在地，嚇得一句話也說不出來。我看見美子頭上的花朵髮飾，悠悠地飄舞在半空中。

塵埃落定後，巨大的人影隨即映入眼簾。那幾近頂住天花板的頭部就是個骷髏面具，細長嶙峋的手腳讓人誤以為是可怕的蜘蛛，而右手正抓著美子的頭。

閉著雙眼的美子一動也不動，身體就這樣癱軟地懸掛著。美子昏倒了嗎？還是……已經死了？

「不……不要……」

骷髏的視線直盯著我。深邃的眼窩裡看不見瞳孔，但我知道這傢伙已經察覺到我的存在。

好可怕！必須快點逃走，但雙腳一直不聽使喚地顫抖，別說是逃跑，連站起來都很吃力。骷髏就這樣拖著美子，一步步地朝我走來。

「不要！這是什麼！別過來！救命啊！」

骷髏空著的左手突然伸直，變形成銳利的長槍，走到我的面前，隨即高舉槍尖。

「美子……真！」

當骷髏準備往下揮舞長槍時，我聽見真喊了我的名字。

我張開雙眼，四周非常明亮，原來我站在閃耀著白光的世界裡。腳邊映著乳白色亮光的液體無邊無垠地蔓延，水面就像鏡子般平靜地沒有半點波紋，僅有腳邊泛起淡淡的漣漪。

天空，也就是水面上的空間全部籠罩著白光，沒有建築物、沒有任何物體，只剩一望無際的白色。原本穿著制服的我，身上只剩一襲純白色的洋裝。話說回來，骷髏人形沒追來嗎……？這感覺像是一場久遠的夢，只剩下朦朧的記憶。

這裡一定是死後的世界吧，原來我已經死了啊。猛一回神，才發現遠方有個同樣身穿白色洋裝的人影，緩緩地向我走來。

「美子。」

我不假思索地叫出這個名字。原來如此，美子也被剛剛的骷髏人形殺死了。美子走到我的面前，站定不動，直視著我的雙眼，我也直視著美子的雙眼。此時我明白了，現在到底是什麼狀況。

「這樣啊……我們已經……」

美子無言地把手伸向我，我也將手伸向她，我們摸著對方的臉頰。閉上雙眼的我們，輕輕地額頭碰額頭。下個瞬間，白色的世界無聲爆發，我再度睜開雙眼。

我回到現實了。在骷髏人形砍中我之前的瞬間，我還活著。這真是一種不可思議的感覺，巨大的長槍像是慢動作播放般緩緩地砍向眼前。我雖然想避開，但我早已失去平衡。

突然間，被骷髏人形抓住頭的美子睜開雙眼看著我，同時我也看見自己向美子下達了「救我」的指令。感覺就像是在指揮自己的手腳，倒在地上的美子以迅雷不及掩耳的速度抓住我的腳踝甩出去，讓我從骷髏人形的腳之間滑過去；美子也利用反作用力逃離骷髏人形的控制，我們兩人一前一後同時站起來。

骷髏人形的長槍因為失去攻擊目標，所以深深刺入水泥地面。雖然只有一瞬間，看得出被兩名少女夾在中間的骷髏人形，不知該攻擊哪一邊。

我發現自己的五感前所未有地靈敏，骷髏人形所有的輕微舉動都會透過空氣振動到我的皮膚，從這些振動判斷對手下個瞬間的動作，連預測的時間都不需要。

我完全能洞悉骷髏人形接下來的所有攻擊，同時能感覺到美子的每個指尖，甚至連一根頭髮的搖晃都能產生共鳴。與美子完全同化的我，已能完美驅使著美子的身體速度與精確度。

從地板抽出長槍的骷髏人形轉向我，將長槍再次朝我的胸口刺來，但對現在的我而言，長槍的速度慢得就像是慢動作，我俐落地以芭蕾舞轉圈的方式，轉身避開槍尖，美子同樣張開雙手跟著轉圈。原以為美子身上穿的是角色扮演的衣服，沒想到大衣與手套瞬間變成利劍，美子輕輕地以腳點地便跳至半空，邊迴旋邊衝往骷髏人形。

無數的劍花落在骷髏人形身上，將骷髏人形直直地打飛至數十公尺遠的走廊另一端，才剛落地的美子立刻往骷髏人形的方向跳去，展開下一波的攻擊。無路可逃的人形只能一味地承受攻擊。

我第一次感覺到身體湧現力量，連意志力也跟著強化與敏銳，專注在我唯一的目的上。

「我……要守護真。」

我們完全壓制住骷髏人形。美子利用旋轉產生的離心力，狠狠地給骷髏人形重重的一擊，被打飛的骷髏人形撞破水泥牆，直到撞上隔壁房間的牆壁才停下來。骷髏人形的動作停了下來，但為了以防萬一，美子從剛剛撞破的牆洞走進隔壁的房間，我也追了上去。

進入房間之前，我已透過美子的視覺看見真，而且還有一人長得跟真好像的人，不對，是長得一模一樣。真被那個男子反手壓制在地，他就是與真相對的JIN嗎？

我想起來到這裡的路上，美子說的那些妄想，看來真的有另一個世界和性命相連的另一個自己。

「怎麼會……」

JIN驚訝地說不出半句話，真也一臉驚愕地看著美子。

我急忙走進房間大喊：

「真！」

「琴莉！」

真一看見我便大喊我的名字，這讓我非常開心。不過事情還沒結束，必須從JIN手中救出真才行。

「美子。」

我要求美子救出真，我同時感受到另一股強烈意志，那個意志命令美子殺了JIN。我懂了，那是之前命令美子的人，也就是另一個世界的我．琴子殘存的意念。

剎那間，美子張開雙手的劍，朝JIN衝過去，完全來不及反應的JIN只能眼睜睜地看著如飛箭般快速的劍刃刺向自己的咽喉。

「快住手！」

我大聲制止美子，因為JIN不能殺，否則JIN一死，真也會跟著死。而且我本來就無法容忍殺人，我在心裡急喊「別在我的世界恣意妄為」。接受這股意念的美子急忙地將劍尖從JIN身上移開，再藉勢讓身體如陀螺般，單腳著地旋轉，並用另一隻抬得筆直的腳狠狠踢飛JIN。

「呃！」

被踢飛至牆壁的JIN痛苦到喊不出聲。

「已經……締結了啊。」

JIN只能靠著牆壁喃喃自語，看來連站都站不起來了。

「真！你沒事嗎？」

「呃、嗯。」

太好了，真平安無事。美子正看著他，像是目標變更後，在進行最終確認的眼神。我讓美子重新了解我的想法後，她輕輕地點頭回應。

「接下來要逃走了。」

「咦？等等！」

美子拉起一臉困惑的真之後，一起衝向室外。跑出房間時，真稍微頓了一下腳步，以不捨的眼神看向JIN。

「真！快跑！」

我們繼續往前奔走。在我來這裡之前，他們應該聊了不少吧，雖然很在意聊了些什麼，但現在只能先逃再說。

戰鬥過後，我仍然處於亢奮狀態。與美子的聯手攻擊凌駕JIN與阿爾瑪這對搭擋，我意識到自己真的得到了強大的力量。走出廢棄醫院，發現鎮上已靜靜地迎來夜晚，家家戶戶飄出正在準備晚餐的香氣。剛剛發生的一切就像是一場夢，整個世界還是一如往常。

回程時，我們也順著目黑川往回走，我走在真的身邊，美子則維持一定的距離跟在身後。

「突然被告知有另一個世界，實在讓人摸不著頭緒，還被當成攻擊目標，總覺得很不真實呢……」

「是吧。」

「不過，有美子保護的話，應該會沒事……吧？」

「是吧。」

「這孩子就先住我家吧。」

「好吧。」

「不動聲色地藏在我的房間，應該不會被發現，而且爸爸和媽媽比我想像中更遲鈍。」

「是吧。」

真明顯還沒回過神，從剛剛開始，就沒辦法完整地回答我的問題，不管我問什麼，都只有簡短的兩個字。

「真今天要不要也來我家住？總覺得還很危險。」

我還是希望多說幾句打氣的話。

「如果覺得來我家不方便的話，我去真的家也可以……」

真總算恢復正常地說：

「不用了，今天父親說不定會回家……啊！」

怎麼可能會回家啊，因為真的父親已經死了。

「真……」

我重新認知到真有多混亂，便安靜地看著他的側臉，就這樣一言不發地走到得各自回家的那座橋。

「那我先走了。」

真只說了這句話就走到橋上，站在原地的我只能看著真的背影。此時的他虛弱得像是幻影，我覺得如果就這樣讓他走掉，真會就此消失。

當我回過神時，發現自己已經跑向橋中央，將額頭輕輕地抵在真的背上。真也停下腳步，我的額頭感受到他的體溫。過了一會兒，真開口說：

「剛剛……我什麼也做不了。」

真的身體在顫抖，語氣中帶著懊悔。我對真感到萬般不捨，更心疼他。

「就說依賴我了，笨蛋！」

先是失去母親，後來又失去父親，之後又被捲入超現實的事件，難免會覺得徬徨和痛苦吧。不過沒關係，接下來我會守護你。

我知道美子正站在橋頭凝視著我們。

PART 3

第三部

α世界——III

【琴莉】

「現在才問好像有點遲了，美子是機器人吧？泡在熱水裡沒關係嗎？」

「沒問題，美子是完全防水的。而且嚴格來說，美子不是機器人，是人工智慧遠端操控人型兵器瑪迪克。」

「……這樣啊。」

我跟美子面對面泡在浴缸裡。美子就算脫光，也看不出哪裡像機器人。除了沒有抑揚頓挫的聲線以及講話的內容之外，看起來就像個普通女孩。

「瑪迪克啊……。JIN 使用的機器人也是這類型的嗎？」

「那個叫做阿爾瑪，與美子不同，沒有搭載人工智慧，沒有締結者就無法運作。」

「締結者？」

「瑪迪克與阿爾瑪都是透過締結功能與特定人物進行精神鏈結，而特定人物就稱為締結者。」

「意思是……那時候我與美子締結了嗎？」

那時我的確與美子締結了，我看得見美子眼中的世界，美子的五感和我的五感完全同步，真是不可思議的感覺，很像操縱電玩角色。但最大的差異在於，我也擁有了美子的反應速度與計算能力，因此我本身的身體能力也提升了，所以才躲得過阿爾瑪的攻擊。在與美子締結的狀態下全力攻擊的話，身體應該會跟不上而受傷吧。

「是的，被阿爾瑪攻擊時，與相對世界的通訊機器脫落而且破損了。」

看來那個設計有點奇特的花型髮飾就是通訊機器吧。

「現在與琴子大人的締結終止，所以才緊急改與琴莉締結。因此，美子現在的締結者就是琴莉。」

「我是締結者啊……有點來不及消化這一切，畢竟一下子發生太多事，我只是想……」

「只是想跟真在一起。」

「別說出來！很丟臉耶！」

「美子也與琴莉的心情連線了。」

美子把我故意說一半的話接了下去，看來締結就是這麼一回事呢。

・・・

【真】

即使明天毀滅，我也一定要守護琴莉。

我是這麼想的，結果我什麼都做不了，實在讓人懊悔。琴莉常對我說「依賴我嘛」，但我就是討厭這樣。琴莉從以前就一直陪在我身旁，母親去世時，也是琴莉把我從沮喪的深淵拉出來。所以我總是想著，下次換我幫助琴莉，結果卻是什麼都做不到。我不想再有這樣的懊悔了，我一定要保護琴莉才行。

我拿著毛巾打開梳洗室的門。

「浴巾放這囉。」

「好～」

琴莉的聲音從隔壁的淋浴室傳來。結果琴莉還是跟來我家了，雖然小時候她常來玩，但自從升上國中之後，她就不太好意思來。仔細回想，我曾在琴莉家借宿過，但她是第一次在我家過夜，感覺挺新鮮的。

我隔著浴室的門問：

「妳真的可以不用回家嗎？」

「嗯，剛剛打電話跟媽媽說了，她說會幫我瞞爸爸，也叫我要加油。」

好好加油？是要加油什麼啊……籃子裡放著琴莉折好的制服，我假裝沒看見從制服的縫隙露出的內衣，轉身走回走廊。我打算趁著琴莉與美子洗澡時，整理一下現狀，我打開平板電腦。

穿著我借給她的運動棉T的琴莉與依舊穿著大衣的美子回到客廳，各自在短桌旁的沙發上坐下。我將平板電腦放在桌上，打開我剛剛做好的說明圖。我率先開口說：

「我想先整理一下現在的狀況。」

我的視線從琴莉慢慢滑向美子。

「目前確定有兩個世界存在，假設我們這邊的世界是 α 世界，另一個世界是 β 世界，兩個世界中都有互相對應的人物，性命也彼此連結。這就是相對世界的法則。」

琴莉與美子默默地點了點頭。

「然而，β 世界的『日本公民共和國』由公女琴子統治，JIN 為了解放集權統治而想暗殺琴子，但 β 世界的戒備森嚴，讓 JIN 難以下手。」

平板電腦的畫面顯示著兩個大圓形，分別是 α 世界與 β 世界，其中分別顯示著代表真與琴莉、JIN 與公女的圖示。

「因此 JIN 盯上了 α 世界，因為要在這邊的世界殺死與公女相對的琴莉比較簡單。不過，琴子也發現這點，便將美子送來保護琴莉……到目前為止都對嗎？美子。」
「是的，美子原本就是為了保護與琴子大人對應的琴莉，才被送來這個世界，也是這樣才與狙擊琴莉的 JIN 作戰。」
琴莉一邊點頭認同美子的回答，一邊補充地說：
「意思是我死了，公女琴子也會跟著死，對吧。」
我回想遭受美子攻擊的那個時候，當時的美子是否仍與琴子締結呢？
「不過 JIN 的阿爾瑪比想像中強大，美子才未能解決他。知道美子被送來這個世界的 JIN，擔心與他相對的我會被狙擊，所以才打算保護我。」
「嗯嗯，原來是這樣，這個解說連笨笨的我都聽得懂耶。」
琴莉雖然常常裝笨，但其實想得很多。當然，有時是真的犯傻，但基本上很聰明。或許是擔心大財閥千金的身份太過惹眼，所以才養成假裝平凡的習慣吧。
現狀整理清楚後，接著要確認我的推論。
「問題是接下來的部分。大家看看這個。」

我啟動平板電腦的新聞APP之後，畫面上顯示著連續殺人的新聞。最近在都內發生的連續殺人魔事件，已經有八名受害者出現。這八名受害者除了都是中年男性外，沒有其他的共通點，警察也找不到犯人。

「這是最近常看到的新聞……連續殺人魔？」

「美子，裡面有沒有與公國的重要人物相同的長相？」

美子像是掃描螢幕般地移動視線後，清楚地回答：

「全部都是公國的公卿。」

「公卿？」琴莉像鸚鵡回話般反問。

「就是輔助琴子大人施政的人。」

「這樣啊……」

我的推論沒錯。這是利用性命相連的原理，推翻日本公國的叛國行為。

「……這些都是JIN殺的？」

琴莉似乎也得出相同的結論。

「這點我還不確定，但從遺體的狀態來看，顯然不是普通的犯案，像是被利刃大卸八塊。」

真的腦海浮現阿爾瑪那副從手臂延伸的武器與銳利的槍尖。

「大卸八塊……」

「不管怎樣，這些都跟相對世界有關吧。」

「說的也是……」

琴莉說著說著，頭突然放在我的肩膀上。我驚訝地看了看她的臉，她居然睡著了，氣息變得平穩。

「琴莉……算了，她應該很累吧。」

雖然她一直表現得很鎮定，但對琴莉來說，突然身陷戰場戰鬥，又與美子締結一定很累了。要是我能早點察覺就好了，我真討厭如此遲鈍的自己。

「該睡覺囉。」

「誒！人家還不想睡啦，難得來過夜……」

再這樣下去，恐怕會睡在這裡。因為琴莉跟我不能睡同一個房間，所以我把床讓給琴莉，自己睡在客廳的沙發上。其實父親的房間是空著的，但父親死後，我就沒踏進去過。我還猶豫著是否該擅自開門進去，只是現在連徵求同意的對象都不在了。

用肩膀撐著話都說不完整的琴莉，一步步踏上台階，走向二樓的房間。美子在公卿的話題之後不發一語，只是默默地跟在後面。雖然還有許多事想問美子，但現在就先讓琴莉休息吧。讓琴莉躺好後，將被子拉到她的肩膀高度，美子則是在一旁正坐，安靜地守護著琴莉。

「美子，妳知道的應該更多吧。」

下個瞬間，玄關的門鈴突然響起，心跳漏了一拍，現在可是晚上十一點多啊。我拿起房間的對講子機，心跳持續加速，沒想到螢幕裡的人是JIN。這是怎麼一回事？那傢伙為何會來這裡？不，該問的是，他為什麼知道這裡，難不成是跟蹤？我完全不知道他的企圖，總之不能再讓他對琴莉出手，幸虧這時候有美子在場。

「美子，妳待在這照顧琴莉。」

美子點了點頭。我突然好奇，締結者睡著時，還能順利締結嗎？

把琴莉與美子留在房間後，我放輕腳步走下樓梯。看了對講子機後，發現 JIN 拿著我忘在廢墟的書包與書包裡的學生手冊，看來他就是利用那個才找到這裡的吧。不過 JIN 似乎不太習慣這個世界的住宅區，一臉警戒地觀察著四周環境。

雖然已走到門前，但很難下定決心應門，此時，JIN 又按了一次門鈴。在琴莉已經熟睡的現在，不可能再逃跑了，於是我下定決心應門。

「來了。」

「你在啊。」

從聲音聽來，JIN 似乎鬆了一口氣。

「你來幹麼？」

站在門外的 JIN 聽到我這句充滿戒心的回應後，笑了幾聲說：

「幹麼這麼緊張，我可是特地把你忘掉帶走的東西送回來耶。事到如今，我已經放棄原本的暗殺計畫了，不過有些話要跟你說。」

JIN 說得平靜，似乎正在等我把門打開。我把門推開一小縫。

「拿去。」

JIN從門縫塞進書包。

「呃……」

我不知道接下來該說什麼，只好先保持沉默。JIN也只是晃晃頭，示意要我去外面，兩個人聊聊的意思吧。我披上外衣，踏上秋夜的道路。

一路上沒有交談的我們就這樣走到公園，被樹木圍繞的公園比住宅區更顯陰暗。走至較昏暗的地方後，JIN邊走邊說：

「你們兩個……到底是什麼關係？」

你們兩個，是指我跟琴莉吧。我告訴JIN，琴莉跟我是青梅竹馬，所以她是絕對不會傷害我的。

「原來如此，怪不得那個時候會放我一馬……沒能早一步算到她們已經締結是我失策，不過也多虧如此，我才能逃過一劫。」

「總之美子不會再攻擊你，所以你也不要再對琴莉出手了。」

我若無其事地看向同意這個說法的JIN，說出我的想法。

「公女擁有處決公民的權力，到目前為止也殺了很多人。雖然對你很抱歉，但唯獨那傢伙必須死。」

看來JIN無法輕易放下對公女的仇恨。雖是意料之中的回答，但我更在意另一件事，JIN說了「唯獨那傢伙」。唯獨？我不假思索地停下腳步。

「喂，你剛剛說了唯獨吧。」

JIN也停下腳步。

「嗯？」

「所以，不是你殺了公卿們嗎？」

從JIN剛剛的語氣來看，目標似乎只有與琴子對應的琴莉。說實話，我實在不敢想像另一個自己到處殺人，而且還是大卸八塊。但是，除了JIN的阿爾瑪之外，我實在想不到還有誰能做到這件事，但JIN卻毫不遲疑地說：

「公卿？我的目標只有公女一個人啊。」

「咦，那……到底是誰幹的？」

我想到另一個可能，那就是美子和她手臂上那把刀，只不過身為公女的使者，沒有理由殺害效忠公女的公卿。

「真！」

JIN 突然擺出防禦姿勢。JIN 視線和我背後傳來的輕微腳步聲，讓我有種不祥的預感，而且預感還成真了。

剎那間，我以為看到的是美子，距離十公尺外的是長的與美子一模一樣的少女。除了身上的紅色洋裝與美子的大衣顏色不同，與下顎切齊的紅色頭髮與清秀卻毫無表情的五官，都與美子如出一轍。若只是這樣也就罷了，但事情沒那麼簡單。少女的右臂往前延伸成利劍，她正準備展開攻擊。

「找到你了。」

語畢，少女立刻持劍跳往這邊，跳躍力以及速度都與初次見到美子時一樣，完全不是人類該有的身體素質。這次 JIN 也一樣，只能啞口無言，一步也動彈不得。少女的劍尖朝向距離較近的我刺來，這次死定了，其速度之快，我連回顧人生跑馬燈都來不及。

我嚇得閉上眼睛，耳畔突然響起金屬撞擊聲，而不是肌肉被切開的觸感。瞇著眼睛一瞧，紅洋裝少女的劍尖被美子的劍擋住了。

美子像是沒發生過任何事情，冷靜地對少女說：

「妳果然來了，理子。」

「美子姐姐……妳果然平安無事呢。」

「嗯，狀況有變。接下來我來說明，妳先收起武器吧。」

「明白了，美子姐姐。」

理子與美子各自收起利劍，靜靜地看著彼此。

「現在到底是什麼情況？」

JIN說出於我腦海中的疑問，我完全無法理解現在的情況。

「我有話要對你們說。」

美子與理子坐在公園的長椅上，我與JIN為了了解情況而站在她們面前。皎潔的明月灑在她們身上，除了衣服與髮色之外，她們兩個果然也長得一模一樣。美子開口說：

「理子是與美子同時製造的另一具瑪迪克，美子是因製造編號而成為姐姐，琴子大人為了這次的計畫，悄悄地製造了我們。」

「計畫？」

我不禁反問，因為理子的目的應該是阻止 JIN 的行動才對，說成「計畫」感覺有些不太對勁。

「計畫就是解放國家。」

美子回答了我的疑問，只是我聽不太明白。原本想再問一次，但 JIN 已經用充滿怒氣的聲音反問：

「解放？將整個國家握在手中的不就是公女嗎？就連父親也是被公女處死的啊！」

JIN 激動地握緊拳頭，此時換理子站在 JIN 面前說：

「對琴子大人來說，處決你的父親也是一個痛苦的決定，但是卻不得不做的抉擇。」

「妳這話是什麼意思？」

JIN 雖然瞪著理子，但如果琴子是另一個琴莉，那麼與琴莉的想法相同也不意外。

「因為得先騙過公卿才行。」

美子像是要補充理子過於簡潔的說明而補上這句話。

「JIN，殺了琴子大人也無法拯救世界，反而會讓現狀更惡化。」

「妳說的是什麼鬼話啊……」

美子對著一臉困惑的 JIN 繼續說：

「日本公民共和國的公女是平民選拔出來的，琴子大人原本也只是一介平民而已。」

「我怎麼從沒聽過這件事。」

「當然，這是最高機密。被選拔為公女之人要在公卿的指導下，做出冷血的判斷，一旦違背公卿之意就意味著死亡。」

「為什麼是公女聽命於公卿……公卿不是效忠公女的人嗎？」

理子像是準備結束話題般回答：

「完全相反，琴子大人其實毫無實權。」

「這麼說，公女豈不是傀儡嗎？」

JIN 再也說不出話。我雖然不了解另一個世界，但對於深信殺死擁有絕對統治權的公女，就能讓日本公國瓦解的 JIN 而言，絕對是相當震撼的事實。緩了口氣的理子，繼續後面的說明。

「琴子大人與之前的公女不同，有自己的判斷力與行動力，為了阻止公卿的暴政，才將理子送來這個世界。」

美子繼續對驚訝的 JIN 說：

「美子的任務是保護琴莉，理子則負責抹殺與公卿對應的人物。」

難不成連續殺人魔是理子？這下子一切總算對得上了。JIN 是為了殺死與公女連結的琴莉才來到這邊的世界，理子則聽從琴子的指示，來到這邊殺死與公卿對應的人物，他們兩人的目的是一樣的，都是為了推翻獨裁政權。

「JIN，看來我們的目的相同呢。」

理子淡淡地告知這個事實後，美子順勢補上一句：

「而且琴莉也想保護你。」

「哼……」

一時語塞的JIN似乎還無法接受事實，但站在一旁的我卻感同深受，因為我早就覺得與琴莉對應的琴子，怎麼可能是個冷血的獨裁者。就算是另一個人，我也無法想像琴莉會是壞人。

「JIN，能不能請你放棄攻擊琴莉呢？」美子如此問。

「如此一來，理子就沒有攻擊你的必要。」

理子接著這麼說。我也跟著請求：

「JIN，我也拜託你，琴莉對我來說，真的很重要。」

被在場所有人如此拜託後，JIN雖然沉默，最終還是舉起雙手投降。

「好啦好啦，我知道了啦，停戰就好了，對吧。」

「非常感謝您。」

美子深深地向JIN一鞠躬。

「我之前的辛苦又算是什麼啊。真是的。」

我見到鬧脾氣的 JIN 忍不住笑了出來。美子與理子從長椅上站起來後，像是催促我和 JIN 快點展開行動般看著我們。明白琴莉、琴子與眾人的目標一致後，我開始思考接下來的行動。

．．．

【琴莉】

我被鳥兒的叫聲叫醒後，從暖和的被窩裡撐起身體，緩緩地巡視房間。這裡不是自己的房間啊。

「啊，這裡是真的家吧。」

昨天我是什麼時候睡著的？應該是太累了吧，我睡得很熟，好像做了個夢，一個保護真的夢。話說，真在哪裡？早晨的陽光從窗簾的縫隙射入，看來是個和煦的早晨。又或者，昨天發生的一切只是一場夢，美子只是夢中的人。我抱著這樣的期待走出房間，沿著樓梯走到樓下的客廳。

果然這一切都不是夢，而且客廳裡的人數還增加了，真、JIN、美子與長得與美子一模一樣的女孩聚在一起，吃著應該是剛買回來的甜甜圈。

「呃……現在是什麼情況？」

真注意到我之後說：「早啊。」

「早安，琴莉。」美子接著客氣地問早。

與美子長相一樣的女孩也望向我說：「剛剛才簽訂了和平協議喔。」

「咦？妳是誰？」

在回答這個問題之前，JIN一臉不好意思地說：

「呃……那個……之前真是抱歉了。」

姑且不論那個與美子長得一樣的女孩是誰，JIN在這裡也太奇怪了吧，我再次要求大家給個說明。我在真的身邊坐下後，他說明了在我睡著的這段時間發生的事情。由於劇情發展得太快，腦袋雖然明白但心情卻跟不上，所幸，紛爭確定暫時平息了。

「沒想到在我睡著的這段時間發生這麼多事……美子，真的謝謝妳。」
美子輕輕地搖搖頭，看著我的眼睛說：「這是琴莉的意志喔。」
「是這樣嗎？」
我想起昨晚的那個夢，那個保護真的夢。或許美子就是感受到我的心意，才採取行動的吧，沒想到美子連夢都能感知。不過最讓我開心的，就是真與 JIN、美子與阿爾瑪不用再交戰了。
看我理解事情的始末後，真拋出新的話題。
「理子現在是與琴子締結吧？」
「是的，但因為身處不同的世界，所以訊號非常微弱，即使透過這個通訊機器，也只能傳遞情緒的波動與下達簡單的指令。」
「這樣啊……」
看來無法直接聯繫琴子，一起討論每個人接下來該做什麼事。
「沒辦法和另一個我聊聊天啊，真可惜。」
其實我對另一個自己有些好奇，那個擔負國家重責大任的自己，想必肩上的重擔遠超乎我的想像吧。好想跟她說說話，聽聽她的煩惱。

「是的。不過我接收到平靜的情緒，看來琴子大人現在也很開心。」

「這樣啊，真是太好了，大家和好最讓人開心了。」

一想到琴子能就此放寬心，我就覺得開心。

「接下來，妳們打算怎麼做？」真這樣詢問美子與理子。

「計畫雖然已到尾聲，但還有一定要抹殺的人。我們會完成任務。」

「我也一樣，如果幕後黑手另有他人，我就要解決他們。」

看來還有幾個握有日本公國實權的公卿還活著。

「又要殺人了嗎……？」

「若就此收手，一切都將前功盡棄。」

大家心裡其實都明白，在視公民性命如草芥的日本公國裡，JIN 等人現在只是將該討伐的對象從琴子換成公卿而已，其實什麼問題都還沒解決。

我也在思考自己能做什麼。雖然我無法拿起武器一起戰鬥，但我除了想保護真，更想幫助 JIN、美子與理子。這就是我最真實的意志，所以我能做的事情就是，啊，就是那個。

「大家，我們等一下要不要一起出去玩？」

我刻意用開朗的語氣擠出這句話。面對這突如其來的提議，大家都露出不可思議的表情。

「今天是假日呀，而且天氣又這麼好，一起去走走啊。你們對這邊的世界也很好奇吧？」

對於不知何時會被殺，也不知雙手何時又得染上鮮血的 JIN 等人，哪怕只有一下子，我希望他們能夠好好放鬆。雖然我只能做到這些，但我想盡力去做。

「現在哪有閒工夫做這種事……」

JIN 的語氣有些遲疑，但美子立刻打斷他說：

「我對這世界的食物有些好奇。」

嘴裡咬著甜甜圈的理子也跟著點了點頭。

「我也有同感。原以為味覺功能是多餘的……但這個實在太好吃了。」

理子對著不發一語，只一味地盯著她們兩人的 JIN 這麼說：

「原本今天的預定行程是殺死你，現在要做的事已經沒有了，所以時間上完全沒問題。」

不知如何回應的 JIN，表情顯得十分僵硬。

「太棒了，那就定案囉。」

我用力拍手，笑著站起來，美子與理子把甜甜圈塞得滿嘴，然後高舉雙手表達贊同。不過，這兩個孩子是機器人沒錯吧？怎麼從剛剛就一直吃東西呢？跟我有同樣想法的真，一臉嚴肅地對美子問了非常敏感的話題。

「妳們吃下去的食物會怎麼處理？」

「請您安心，我們被設計成該從哪裡排出，就從哪裡排出的構造。」

美子的回答太直接了吧。

總之，就讓今天成為開心的一天吧，懷抱著這樣的想法，琴莉望向窗外的大片藍天。

　　我先帶美子與理子回家換上便服，之後就立刻出門。集合地點是新宿站東口，與真第一次約會的集合地點一樣。湛藍的晴空下，微涼的秋風吹在身上，就連新宿的車水馬龍也顯得格外爽朗。

　　與真一起來的JIN穿著真的便服，尋常打扮的JIN看起來還真是新奇。沒有計畫的我們，決定先去買美子與理子的衣服。她們身上穿的大衣雖然也不錯，但我真的很想讓可愛的女孩子試穿各種衣服。一起走進服飾店的真和JIN顯得有點難為情，但少女心大爆發的我顧不上他們，不斷地讓美子與理子換穿各種服裝。最後我替她們從頭到腳，挑了兩套適合雙胞胎穿的服裝。

　　之後大家一起吃了冰淇淋，也去遊樂中心打電動。不管到哪，美子與理子都是一副興趣盎然的模樣，讓我覺得還好有帶她們出來逛逛。

　　雖然JIN一開始表現得不感興趣，但逛了一會兒，就很自然地融入我們，這種馴服猛獸的感覺還真是開心。大家一起拍大頭貼的時候，真還一副老練地指導JIN該怎麼拍。明明自己也是最近才學會的，看來人類真的是具有學習能力的生物啊。

逛街時，理子不時會報告琴子現在的心情。從理子口中得知琴子也很開心，讓我有種正在和琴子一同逛街的感覺。

每個人都能享受自由，時時綻放笑容的世界——琴子與 JIN 不惜殺人也想得到的世界就在這裡。我打從心底希望琴子與 JIN 能早日像我與真一樣，想著彼此一起散步。

夕陽西斜，我們一行人來到伊勢丹的露天花園，晚霞的餘暉讓花圃的花兒顯得更為豔麗。美子與理子的視線不斷追著在花園裡四處飛舞的麻雀，JIN 則就近看著她們，我與真則坐在離得有點遠的長椅上。

「大家看起來就像一般的孩子呢。」我悄悄地在真的耳畔這麼說。

「是啊。」

真瞇著眼看著他們三人，但是我們都沒忘，戰爭其實還沒結束。只是難得的停戰時間，真希望能假裝暫時忘了這一切。

「琴莉，真的了解現在的情況嗎？」

JIN 對美子的這句抱怨，悄悄地傳入我的耳裡。看來 JIN 覺得休息夠了，打算重新展開戰鬥。

「琴莉其實想得很多，只是故意裝傻而已。這是這個世界的女性常有的處世之道。」

琴莉很佩服美子如此細心地觀察我。

「什麼嘛，公女也好、琴莉也罷，女人的思考邏輯還真難懂。」

這次輪到理子對正在抓頭的 JIN 說：

「琴子大人是堅定又溫柔的人，她不希望再有人跟她一樣悲傷，也不希望出現新的公女，才暗中執行這個計畫。回到那邊的世界後，請務必與琴子大人見一面，琴子大人也是這麼希望的。」

「到時候再說吧。」

JIN 的表情被夕陽的逆光照得看不清楚，但他的聲音卻非常平靜。

我們眺望著露天花園上空那片無垠的藍天，從傍晚到黑夜的每一刻，天色不斷地變化，我也遙想那個遲遲未能往前進的另一個日本。

「如果我們生在不同世界，我也會和真對立爭鬥嗎？」

坐在旁邊的真，直視著前方輕聲說：

「誰知道呢，反正JIN與琴子的關係也因為這次的事情而有所改變，而且沒人知道接下來會發生什麼事。」

難得真有這麼樂觀的發言，想必他也希望如此吧。我開心地接著說：

「的確，說不定他們會很投緣，或許之後會談場普通的戀愛。明明直接結婚就好了嘛。」

真立刻察覺，琴莉是拐著彎求婚。

「琴莉……妳知道這是什麼意思吧？」

「咦？什麼什麼意思？」

我假裝聽不懂真的意思，為的是要給真告白的機會，真果然沒放過這次的機會。我靜靜地凝視著真的臉，真也沒錯開眼神。我知道，他接下來要跟我說很重要的事。

真坐直身體後，開口說：

「琴莉。」

「嗯？」

「我……對妳……」

β世界——II

【琴子】

我仰望著湛藍晴空，白色的和服染上了落日餘霞的紅光。我被另一個我．琴莉所救，多虧她的善解人意與周全，才不用殺死JIN。我站在固若金湯的公居中央．公女專用房間的陽台上，想著遠在相對世界的JIN。

雖是為了欺瞞公卿，推翻獨裁體制，但奪走JIN的父親郡司之命，我的確心痛不已。沒有了郡司的研究，要想往來相對世界之間，殺死與公卿相對的人物，甚至是推翻日本公國的作戰，根本不可能實現。

十年前，前一任公女原想以非法研究之名逮捕狹間郡司，卻因失敗而慘遭處死，郡司也與JIN一同藏於某處，繼續相對空間的研究。

我當時還是住在圓形建築外的小孩子，過著貧困生活，沒想到會被公卿的手下抓進公居，公卿看上的是我沒有其他血親這點吧。坐上公女玉座的我，雖然成為獨裁政權的象徵，同樣受到公卿操控，但我有自己的意志。

這十年來，我總算在公卿的指示下成功捕獲郡司，公卿也從郡司手中奪走相對空間擴張機的技術。這是往返相對世界，同時入侵另一個世界的技術，公卿似乎打算用來佔領另一個日本。但我打算反過來利用這項技術打倒公卿，因此我利用郡司開發阿爾瑪的技術，創造了兩具瑪迪克。

在計畫成功之前，我必須假裝聽命於公卿。處死郡司很痛苦，但是唯獨 JIN，我希望他能活下去。或許 JIN 已經不復記憶，但我曾與幼時的 JIN 在圓形建築外，度過一段快樂的童年時光。

我的父親在流落街頭之前，是最了解郡司研究的人，也長期資助他。不知父親身在何處，過得如何。逃離公卿的魔掌，藏身在某處的父親，好久沒見到他了。

計畫就快要成功了，之後應該能與 JIN 見面了吧。正當我準備從陽台回到房間時，一轉身，我便停下了腳步。殘存的公卿與士兵正無言地等在房間裡，我立刻明白，計畫敗露了。

比起計畫失敗的遺憾，我先想到琴莉，我想跟她說聲「對不起」。

α世界——IV

【琴莉】

真沒來得及向我告白，我們就聽到理子的慘叫。

「琴子大人！」

我和真驚訝地望向理子。本該面無表情，時刻保持冷靜的瑪迪克，居然如此慘叫，真是異樣的光景。不只是我們，整座露天花園裡的人都一直盯著理子看。

「琴子大人啊啊啊啊！」

理子一邊大叫，一邊快步衝刺，跳過屋頂的柵欄。

這次輪到周圍的客人驚聲大叫，他們大概以為理子要跳樓自殺吧。理子的身影就此消失，我與真跑到JIN的身邊。

「到底怎麼回事？」

一臉茫然的JIN也不知道發生什麼事，但肯定是琴子發生了什麼事。
今天早上，理子曾說與琴子之間的聯繫，僅止於傳遞情緒波動與單純的指令，從剛剛理子的反應來看，肯定是接收到非常強烈的情緒，一定發生大事了！
「琴莉，抱歉，看來美子無法再守護妳了。」
「誒？」
在我提出疑問之前，美子先回答：「計畫失敗了。」
我明白了。
「失敗？這樣啊……我。」
「琴莉……」
真看著我，我盡可能不讓他發現我內心的動搖，但還是瞞不住。
「怎麼會……」
看來真也發現了。即使如此，我還是盡可能冷靜地說：
「真……你冷靜地聽我說。」

果然還是不行，聲音就是忍不住顫抖。但我還是凝視著真說：
「抱歉，真，我好像快死了。」
情緒激動的真只是緊緊地抱著我的肩膀。
「真，沒關係的，後續的事就交給美子吧。」
「怎麼會沒關係！」
我已將全部的心意都傳給美子了，她一定能替我守護你。美子具有這樣的力量，跟我不一樣。
「啊~沒想到還是不能在一起……」
我將臉埋進真的胸口，發現自己的體溫不斷下降。
「琴莉……我……」
不行了。「怎麼辦，我還是很害怕啊。」
我最終還是藏不住自己的軟弱，我抬起頭望著真的臉。
「真，救我。」
最後，我還是求救了。這句話肯定會讓真感到痛苦與悲傷吧。

下個瞬間，我的生命結束了。失去意識前聽到真大喊我的名字，卻沒能聽到最後。啊～真的好希望，我能一直守護著真啊。

PART

4

第四部

β世界——III

【理子】

一回過神來，我發現自己站在如高塔般聳立的演講台上。沒錯，是公居的演講台。我俯視著身穿白色和服的自己，這副身體的視線前方是萬頭攢動的群眾。我想起來了，理子成為公女了。

那天利用相對空間擴充機返回日本公國的理子朝著公居狂奔，但理子心裡明白，已經趕不上了。因為理子發現與琴子大人的締結越來越弱，本該同步的意識也逐漸削弱。儘管理子極速飛奔，還是無法在琴子大人的氣息消失前趕到。

「琴子大人！」

理子衝進琴子大人的房間後，發現整個房間被夕陽照成紅色，而房間中央的琴子大人被來自四面八方的劍貫穿身體，白色和服也染成暗紅色。公卿的士兵像是用手中的劍撐起名為公女的人偶。琴子大人持續失血，與理子的締結也越來越弱，恐怕琴莉也將喪命。

「這麼一來，一切都結束了。」

其中一位公卿嚴肅地說出這句話，下個瞬間就一劍砍下琴子大人的頭。締結強制中斷了，感覺就像是思考被剝奪，身體想動卻動彈不得，眼睛與耳朵就像幽暗的排水口般，無意義地吸收周遭的狀況，無法做出任何反應。

某位公卿望向我。

「這是琴子留下的人偶嗎？」

公卿的聲音在理子的耳畔響起。

「真是太巧了，後繼者的人柱就用這個吧。」

另一個公卿說：「就用這個，匡正秩序吧。」

「匡正新領土的秩序！」

公卿的聲音交織成轟然巨響，在理子放空的腦裡震動迴響。回過神來，理子也開始大喊。

「建立新的秩序！」

引導市民、守護秩序，這句話自然地浮現在理子的腦海裡。我乃公女理子，責任是守護秩序。理子高聲大喊：「我乃公女理子，即日起，繼承前公女琴子的玉座。」

高掛在公居高牆的巨幅琴子肖像，瞬間被換成理子的肖像，那張清秀卻面無表情的臉，仰望的群眾們異口同聲地歡呼。

「各位子民需時時崇拜我、敬愛我，不容片刻或忘。」

市民那歇斯底里的歡呼聲已接近怒吼，此時，雷聲就像呼應這股歡呼聲般響徹灰暗天際。

理子無情地環顧著群眾，無法從群眾的表情或聲音得到任何感動，只能聽從腦中的聲音驅動身體。轉身拋下群眾的理子走進起居室，坐上玉座，腦中不斷響起公卿的那句話。

「這個身體非常有趣啊！」

「能體現我們的共同意志。」
「這是最理想的人柱啊。」
「真是好孩子啊，理子。」
公卿那充滿奸笑的聲音不斷在耳邊響起。理子正與所有公卿締結，空虛的聲音充斥著整個腦海，我的意志也漸漸墜入虛無。我……我是誰？

α世界——V

【JIN】

見到琴莉殞命，真全身僵硬，只能不住地大吼琴莉的名字，直至聲嘶力竭、無力站立。周圍的人見狀叫了救護車後，警察也趕到現場，準備搬運琴莉的遺體。我只能拉著動彈不得的美子，躲進與人群略有距離的自動販賣機後方。若被警察發現我與真長得一樣，沒有身份證明之外，身邊還有人型兵器，想必會惹出更多的麻煩。

這時，出現了一群身穿黑色西裝的男人，這些絕非警察的黑衣人跟著運送琴莉遺體的救護隊員一同搭乘電梯，也有人撐起失去任何反應的真。警察原本想向真確認來龍去脈，但現在的真肯定無法說清楚，就算說清楚，也一定會被認為是腦袋有問題。我在騷動平息後，陪著美子先回到真的住處。

隔天，真也回到住處，似乎有人開車送他回來，我只好不動聲色地躲在真的房間裡。回家後的美子不發一語，只是靜靜地正坐在真的床邊。

總算上樓回到自己房間的真，沒與我說半句話就躲進被窩，就再也沒有任何動靜。我決定保持安靜，因為真一定知道不能一直躲在被窩裡哭，悲傷之餘，還是要思考接下來該怎麼辦。真現在正在面對一個全新的世界，一個沒有琴莉的世界。我相信真，所以什麼話也不說。我懂他，因為他就是我。

幾天後，新世界的大門打開了。

對講機響起，我從螢幕確認來者是誰，發現大門外，有五個與那天一樣身穿黑色西裝的人，正撐著黑色雨傘。真沒告訴我這群人是誰，但從當時的情況分析，這群人應該不是敵人。

原本打算無視他們，但我想打破現狀，再這樣下去，真也會繼續封閉自己，於是我維持高度警戒打開大門。黑衣人一見到我的臉，便面露驚訝，卻也保持沉默。

「你們……是誰？」

在他們回答我的問題之前，後方傳來聲音。

「走吧。」

我吃驚地回頭一看，居然是低著頭的真站在背後，他是什麼時候走出房間的？沒多說半句的真，穿上鞋便走出門外，美子也跟在真的身後。真與黑衣人互相示意後，便坐進車子，我也跟著坐進車中。

黑頭車在雨中滑行疾馳。對於長期躲在日本公國的我而言，即使只是這種能極速奔馳的移動機械，也讓我覺得新奇。

不過我知道，這輛車是小部分特權階級才能擁有的高級車種。或許是因為這台車漂浮在路面上，所以搖晃的程度比想像中輕微，高度氣密的車內連雨水打在車窗上的聲音都聽不見。

車子疾駛一段時間後，穿過旁邊寫著「泉重工東京研究所」的巨大鐵門。接著車子停在貌似醫院，絲毫不顯眼的建築物玄關前面。在黑衣人的示意之下，我們走進建築物，接著黑衣人不發一語地指向長廊盡頭。

「真的可以相信這群人嗎？」

我邊走邊悄悄地向真確認。

「這裡是我父親待過的研究所。」

依舊低著頭的真，短暫地回應了我的問題。我想起琴莉的姓是泉，所以這裡是琴莉父親的公司嗎？也就是，這是真和我的父親待過的研究所。我原本期待這裡會有類似相對空間擴充機的裝置，或是與阿爾瑪一樣的武器。但從貼在走廊的研究成果與展示品來看，這裡開發的都是最新科技的生活用品，沒有半樣能在戰場派上用場的，就連擦身而過的職員也只是平民，不是士兵，一張張毫無緊張感的表情實在讓我洩氣。

經過幾條走廊，轉乘了幾次電梯之後，我們進入一間寬闊的會議室。桌椅燈光，無不整潔精美，暗示著在此開會的人有多麼重要。室內中央的會議桌，約可擺滿二十個座位，而會議桌中央坐著一名略有年紀的男人。

「你是？」

話才問到一半，真就開口喊了一聲：「叔叔……」

原來眼前這個男人就是泉財閥的頭頭，琴莉的父親。

「真，抱歉，硬是把你帶來這裡。」

雖然只是簡單的一句話，渾厚的聲音給人威嚴與力量，但從真的眼裡看不見膽怯，反而多了幾分安心與信賴。合身西裝下的建壯身體，散發著猶如主宰者般的存在感，那男人像是看穿我的心思般望向我們。

「你們……」

從發言得知，他似乎知道我們的存在。

「能不能告訴我，琴莉和你們身上到底發生了什麼事？」

我說明了相對世界和對應人物的性命連結的事實，也坦承原本打算與阿爾瑪一起來暗殺琴莉，後來得知琴子並非敵人，還有琴子、琴莉是被敵人殺害這件事，從頭到尾真與美子沒有說一句話。

琴莉的父親泉宗邊點頭，邊靜靜地聽著，沒有半點驚訝，反倒像是在確認他們已知的事情。他的身邊有幾名黑衣人默默地敲著鍵盤，應該是在製作會議記錄吧。

「這就是全部的經過。」

我一說完我所知的一切之後，現場的緊張氣氛便突然緩和。

「感謝你說明一切，JIN。」

宗深深地吸了一口氣，露出長考的表情。

「接下來打算怎麼做？」聽到我的問題後，宗坐直身體說：「我現在只知道女兒是被公卿所殺……」

宗在喃喃自語後，閉目思考數秒，便朝著黑衣人下達指示：

「立刻設立對策總部，做好萬全準備面對來自另一個日本的接觸。」

「遵命！」

立即回應命令的黑衣人迅速離開會議室。想必是確定另一個日本的陰謀後，打算一口氣準備防禦策略吧。

凝視著我們的宗鄭重地說：「我需要你們的幫忙。」

我點頭答應。既然共同的目的是打倒公卿，就沒有拒絕的理由。只是真還是低頭不語，美子也毫無反應，他們之後也要上戰場吧。大人們無視我的不安，一味地準備面對接下來的戰鬥。

走出會議室後，又坐了幾次電梯和穿過幾條走廊後，抵達排滿精密機器的樓層，看見許多穿著米白色工作外套的人忙碌不停，看來這裡是研究所的核心區域了。

一名戴著眼鏡的中年男性笑咪咪地迎接我們，白色大衣的胸口前別著「研究所所長硴塚浩二」的名牌。原來他們正在修理在我與宗談話時回收的阿爾瑪。

「另一邊世界的科技能力，真是讓我大吃一驚。」

硴塚的背後有幾名研究人員，正在修復被器材圍繞的阿爾瑪。這邊的世界似乎還沒有類似阿爾瑪或瑪迪克的人型兵器可用。

「能修好嗎？」我不禁這麼問。

「放心吧，我們的技術也是不容小覷的唷！」

硴塚的微笑充滿自信，下一秒又突然眉頭深鎖，望向阿爾瑪旁邊。

「比起這邊，那邊恐怕比較難修理。」

那邊是正被另一套檢查機器包圍的美子，她正雙眼茫然地站在那裡，一動也不動。

「除了真之外，似乎沒辦法接受締結。有可能是前一位締結者留下的快取資料造成的障礙。」

「是琴莉嗎……？」

琴莉那股想要保護真的堅強意志，深深地烙印在美子腦中，但真現在的狀況很糟。

「瑪迪克是與日本公國對抗的重要戰力，甚至能讓真站上前線。」

我沒回應硴塚，只是望向真。

真能振作嗎？能戰鬥嗎？他一直低著頭，坐在研究室角落的椅子上，我也無從得知他的表情。

β世界——IV

聽從我們共同意志的人偶，公女理子坐上玉座後，從遠方的大門走進來一名軍人，跪在理子腳前。

【公卿們】「人工智慧遠端操控人型兵器『阿爾瑪迪克』已準備就緒！」

這是結合阿爾瑪運動能力與瑪迪克人工智慧的兵器。軍人接著說：「從之前就開始推動的『閣僚滅絕計畫』也準備就緒。」

閣僚滅絕計畫是指，在這邊的世界處死與另一個日本的閣僚相對的人物。意思就是要殺死另一個日本的所有閣僚，癱瘓政府機能。

理子輕輕地點了頭，倏然地站起來說：

「現在，就開始這場饗宴吧。」

理子冷冷地發號司令後，軍人便敬禮，轉身退出房間。從陽台可聽見遠方傳來的隱隱雷聲。理子滑動腳步，從陽台走至外面的演講台。俯視之處，公居前方有數百名整齊列隊的公國士兵，彌漫著靜默的肅殺之氣，不時有藍白色的閃電從雷雲落下。

在公國士兵後方，站著一整排超過百具的阿爾瑪迪克，那是擁有如昆蟲分節構造的長手長腳與骷髏面孔的人形。渾身的漆黑，任誰一看都會想起死神。阿爾瑪迪克肯定是要被送往另一個世界。

理子高聲宣告：「新型戰士阿爾瑪迪克沒有生命，所以不畏懼死亡。」

士兵們雄壯威武的聲音，甚至蓋過隆隆雷聲。

緊接著阿爾瑪迪克也抬起頭大吼，這股不具意義的吼聲響徹整片天空，宛如象徵死亡的鳥兒，正發出高亢的不祥叫聲。

理子宣佈：「我們接下來將導正另一個日本的秩序。」

「喔哦哦哦哦哦哦哦哦。」

士兵的呼聲與雷鳴疊合，連空氣也為之震動，這同時也是死亡盛宴揭開序幕的號角聲。理子的腦海中，我們正為了祈求計畫成功而祝杯高舉。

α世界——VI

【JIN】

我們一行人在泉重工的會議室聽取對策總部預測日本公國行動的簡報時，事件發生了！

「報告，出現了！」黑衣人緊急傳來報告。

會議室的螢幕播放出新宿的街景，在場所有人將視線轉向螢幕。對策總部認為日本公國會攻擊人潮擁擠的鬧區，所以監控新宿、澀谷、台場以及其他地點的動向。

螢幕上顯示的是 ALTA 這棟建築物前方的影像。天色略顯陰暗的午後，左右兩側有許多行人，有許多人站在原地，也有人坐在護欄上，還有不少人像是在等人，往人群高高跳起的黑色骷髏十分引人注目。

黑色阿爾瑪？

不對，這不是阿爾瑪，而是噁心的怪物，宛如溶化般的裝甲下方透出人造的肌肉。這身高超過兩公尺的怪物一邊俯視著群眾，一邊行動詭異地緩緩走在街上。

有許多人邊滑手機邊走路，所以沒特別注意這長相怪異的怪物。結果，有對情侶注意到怪物，其中一名男性指著怪物，笑著對身邊的女孩說：「這是在拍什麼角色扮演的影片嗎？」

下個瞬間，男人的身體被剖成兩半，鮮血如噴泉湧出。原來怪物的手臂在剛剛幻化為銳利的長劍，由上而下垂直地劈砍。人群立刻從鮮血直冒的男人身邊逃離，有些人嚇得癱軟在地上，盲目逃竄的人們也被這些人絆倒。怪物若無其事地揮舞著長劍，ALTA 前方瞬間成了一條血路。

「該來的還是來了……政府到底該如何因應……？」

宗等人的資訊似乎已和政府共享，從螢幕也可以見到類似自衛隊的部隊從遠處漸漸往內包圍怪物。自衛隊隊員的手中雖然有槍，但礙於現場還有尚未逃離的民眾，遲遲無法開火。而怪物卻趁著這段時間跳至自衛隊隊員身邊，清除一個個自衛隊隊員。最後雖然展開射擊，但是怪物不為所動地揮舞著長劍。沒過多久，畫面裡已經沒有存活者了。

此時，從ALTA旁邊的水果店跑出一位扛著火箭筒的隊員。他一邊大叫，一邊衝到怪物身邊，近距離轟炸怪物，怪物被爆破的火焰與煙霧籠罩。當隊員掀開護目鏡，準備一探狀況時，突然間有條如鞭子甩開的長劍將隊員裂解成支離破碎的血塊。從火焰走出的怪物毫髮無傷，再次展開殺戮，四周開始出現屍體堆成的小山。

「這是怎麼回事……居然沒效……」

宗喃喃自語的聲音顯得有些嘶啞，今日第一次見面時的那股渾厚聲線，已因眼前的慘狀而消失。

我還有另一個隱憂。若在這邊瘋狂殺人，另一個世界也會有很多人喪命才對。公卿難道都無所謂嗎？還是他們不顧日本公國的市民性命，滿腦子只想佔領這邊的世界？若真是如此，他們一定還計畫了更惡毒的戰略！

此時，會議室的揚聲器傳來呼叫宗的聲音。

「報告，官邸方面來電了！」

「接進來吧！」

宗拿起手邊的內線電話。「是我……你說什麼？」

見到無說可說的宗之後，我那不祥的預感成真了。宗抱著頭，說出剛剛得知的更大絕望。

「怎麼會有這種事……政府居然滅亡了？竟然利用性命連結這點，實在太過分了！」

日本政府滅亡了。內閣總理大臣、副總理、財務大臣、總務大臣、法務大臣、外務大臣、文部科學大臣、厚生勞動大臣、農林水產大臣、經濟產業大臣、國土交通大臣、環境大臣、復興大臣、內閣府特命擔當大臣、防衛大臣、內閣官房長官、內閣官房副長官、內閣法制局長官，所有閣員都在同一時間喪命，這一定是同時處死了與閣員對應的人物。

看來事情已惡化至無法袖手旁觀的地步，日本公國明擺著要用死亡來恐嚇並支配這邊的日本。我與宗互相點了點頭後，決定出面處理這一切。

「讓他們出動。」宗透過通訊機器指示部下。

我急得像熱鍋上的螞蟻，想要立刻衝出去迎戰。硴塚為我們三人準備了戰鬥服，我急忙穿上。這套白色戰鬥服上貼了紅色陶瓷薄片，行動非常方便，還有充分的防護能力；真則換上黑底搭配藍色陶瓷薄片的戰鬥服，美子也換上深藍色搭配水藍色陶瓷薄片的戰鬥服。

真仍然低著頭坐在椅子上。我無法得知他的表情，只知道快沒時間了。

「出發吧！」

我迫不及待地硬拉了真的手臂，把他從椅子拉起來，跟著黑衣人走。沒有表情的美子則默默地跟在一旁。從某個緊急出口走出研究所之後，有台卡車已經發動好引擎等著我們，車體覆蓋著軍用裝甲，接下來我們要趕赴怪物肆虐的街區了。坐進車子後，我看著始終沉默的真與美子，心中有了另一番覺悟，那就是我必須獨自一人率先開戰。

坐在車中，持續聽見無線電傳來聯絡，看來怪物已經四散各處。雖不知數量多寡，也只能一具具逐一打倒。憑我一人之力，究竟能打倒幾具？我強忍心中不斷膨脹的不安，集中精神與阿爾瑪締結。

雖然砥塚說是修理，但他們不只讓阿爾瑪能靈活動作，還將這世界的技術結晶移植到阿爾瑪身上。

這個世界在相對空間擴充機與人型兵器的進展雖然不足，卻有這世界獨有的技術，例如利用氧化鋯打造裝甲，達成強化、輕量化、應用空氣力學原理的目的或是透過細節的調整，讓阿爾瑪的攻擊力與防禦力更上一層樓。

雖然來不及試駕脫胎換骨的阿爾瑪，但是透過接下來的戰鬥實際體驗操縱感，於大樓之間輕盈跳躍的阿爾瑪，正亦步亦趨地跟著車隊前進。我加強與阿爾瑪的締結，進一步確認阿爾瑪的動作、視野與皮膚感官。

卡車在距離新宿站東口非常近的綜合大樓後方停下來，坐在對面的真與美子仍然面無表情。不過我必須出動了，絕不能讓災害繼續擴大。最後，我告訴真：「我先去爭取一些時間……你一定要來。」

為了確保真有聽到這句話，我刻意說得非常清楚。雖然真依舊毫無反應，但我從未放棄他，因為他就是另一個我，所以他一定會振作起來。

下了卡車後，我坐上等在一旁的阿爾瑪肩上，一同跳上大樓的屋頂。從屋頂放眼望去，新宿的天空佈滿層層烏雲，路上四散著無數屍體。若是降落在那邊，肯定會聞到瀰漫於空氣之中的濃厚血味與內臟的腥臭味。

此時此刻的安靜讓人不禁懷疑過往的人聲鼎沸，貌似死神的怪物正緩慢地在街上搜尋，想必這些怪物打算不留活口吧。怪物在這一帶的殺人數量增至十具……不，接近二十具之多。

再看下去也無濟於事，我便與阿爾瑪跳往正準備經過我們眼底的怪物。趁著怪物還來不及抬頭看之際，我們將怪物從頭剖成兩半，阿爾瑪的腕劍變得更鋒利了。

阿爾瑪緩緩地從分成兩半的怪物中間站起來，而我也跳下阿爾瑪的肩膀，快速掃視周圍成群的怪物，瞬間掌握這些怪物的位置、距離和擋在中間的障礙物，例如護欄、汽車與堆成小山的屍體。我發現自己的身體因興奮而不斷顫抖，臉上也泛起一絲冷笑。

「如此盛大的歡迎還真是感謝啊。」

話說到一半，阿爾瑪便一擊砍倒最接近的怪物，閃開從左側砍來的黑劍，直接轉身劃開右側怪物的咽喉，接著跳至半空，砍倒攻向我的怪物。雖然阿爾瑪的力量明顯凌駕於怪物之上，但是怪物的數量實在太驚人，宛如一波波湧上的蟲子般，不斷發動猛烈攻勢。

「看來是場長期抗戰啊。」

我一邊喃喃自語，阿爾瑪一邊揮舞著腕劍。真怎麼還沒趕來！

．．．

【真】

我在純白的世界裡，抱著膝蓋、低頭坐著。空蕩蕩的四周只剩白光籠罩，讓人分不出天地。這裡只有我和坐在對面的美子，她也低頭不語。

此時，突然有人從背後溫柔地環抱我，是琴莉。琴莉的聲音在我耳畔輕輕地說：「我好想守護真……」
我頭也不抬地回答：「我也很想守護琴莉啊。」
「嗯。」琴莉柔柔地回應了我。
「可是……我沒能保護妳。」
結果還是沒有任何改變。
「為時已晚了吧……」
琴莉已經不在了。
「都是因為妳在我身邊，我才能繼續前進。父親猝死的時候是這樣，母親去世的時候也是這樣。沒有琴莉的世界……已生無可戀了。」
「真……」
我感受到身邊的琴莉摒住呼吸。
「我……什麼也做不了……」
「不要放棄這世界……」
琴莉的聲音很輕柔，卻充滿了力量。

「琴莉……」

「因為真還在這裡啊……」

琴莉的聲音從我的耳邊直入心坎。

「我想守護還有真的這個世界喔。」

話一說完，環抱著我的琴莉突然被光芒籠罩，琴莉也漸漸消失。

「所以別放棄，你能保護這個世界的唷。」

琴莉的聲音也逐漸飄向遠方。

「我……真的很喜歡……」

沒能說完這句話的琴莉，化成細微的光粒消失了。但我總算明白琴莉想說的事情，以及接下來我該怎麼做。

「啊……守護一切。琴莉，我絕不會放棄的！」

我用力睜開雙眼站起來，雙手、雙腳湧現力量，眼前的美子已英挺地站著，我們凝視著彼此重拾光芒的瞳孔。

・・・

我跳出卡車後，美子超過我，跳至精疲力盡的 JIN 身邊，幫他擋開怪物的致命一擊。緊接著優雅地旋轉身體，將怪物踢飛，撞進大樓的壁面。

JIN 回頭看著我，微笑地說：「你也太慢了吧！」

我不假辭色地看著 JIN 說：「抱歉，讓你久等了！」

同時間有好幾具怪物飛撲而來，阿爾瑪與美子攜手迎擊。交錯的劍光像是圓舞曲般翩翩起舞，不斷地旋轉、跳躍、斬擊、旋踢與破壞。不久前，怪物才以人類的血肉堆成小山，現在輪到怪物被打趴，一個個堆在一起。

不知何時，原本厚重的烏雲露出縫隙，白色的光芒射入街道。我與 JIN 背對背站著，阿爾瑪與美子則以我們為圓心，在圓周上舞動。黑色骷髏在白色的光芒下被一個個踢飛。

站在我背後的 JIN 邊喘息，邊以堅毅的口氣說：

「太好了，要繼續保護這個世界囉！」

「嗯嗯。」

我會保護這個世界的，因為這是我與琴莉的約定。

即使明天世界毀滅，我也要守護這個世界。

β世界──V

【公卿們】

圓形建築上空短暫放晴，原本灰暗的公居被照得光亮，實在令人不悅。軍人慌慌張張地跪在理子的玉座前。

「送去的阿爾瑪迪克居然一個個失去訊號！」

事情為何發展成如此地步！到底發生了什麼事，是誰防礙了我們的計畫？說到底，阿爾瑪迪克不過是愚昧的人偶！

我們啃食著理子腦中的一切，理子則是惡狠狠地啃咬著自己的指甲。

「可可……可可可可可可可可可惡啊。」

低著頭的軍人像是要避開理子那雙渙散的雙眸。明明情緒非常激動，理子說話卻沒有抑揚頓挫，她低吟：

「看來這些傢伙還不明白自己的立場啊，我要在這邊人口密集之處擲下那個……」

軍人驚得噓了口氣，卻無法違抗命令。

「遵命。」

軍人覆命後，便匆匆地離開理子的起居室。

理子緩緩地從玉座上站起來，走到外側的陽台。理子抬頭望向圓形建築的透明天蓋，那如地獄業火的夕陽將天色染成朱紅。理子靜靜地仰望著天蓋，而我們則等待剛剛下達的指令付諸實行。

夕陽在這個時間，顯得十分沉靜。說時遲那時快，圓形建築的外側突有一道閃光射入理子的雙眼，下個瞬間，隆隆的巨響從地面傳來，令公居不住地搖晃。天蓋的另一側有朵巨大的蕈狀雲不斷向天際竄升，彷彿有個巨輪白色煙火在豔紅的晚霞天空釋放，只不過這把火不僅為天空增色，也讓地面的民眾陷入火海。

「還真是精彩的光景啊。」

我們在理子的腦海裡開懷大笑。早知道一開始就這麼做！即使多少有點犧牲，還是得排除那些擾亂秩序的害蟲！

理子的笑聲響徹四周。真精彩、真精彩，雖然笑得合不攏嘴的理子曾瞬間恢復清醒，流露出悲傷的情緒，但隨即被我們的嘲笑毫不留情地吹散。

α世界——VII

【真】

「我們回來了。」

我與JIN回到研究所，推開泉叔叔所在的會議室大門。叔叔一見到我，便無言地點了點頭，我也無言地點頭回應。

我察覺叔叔很擔心我。話說回來，明明一直受叔叔照顧，至今卻從未說過半句道謝的話。希望這次的事件結束後，能有機會與叔叔多聊聊，不過現在還有該做的事。

第一波入侵的怪物應該全數殲滅了，但整個會議室卻仍陷入絕望與沉默，不論是叔叔還是黑衣人，每個人的臉色都顯得蒼白無力。

我們要求叔叔說明究竟發生了什麼事，他告訴我們日本公國發動了另一波新型攻擊。

就在剛剛，有數十萬人同時猝死。由於規模實在太過龐大，必須花點時間才能正確掌握狀況。

唯一確定的是，那群公卿在日本公國使用了某種毀滅性武器。公卿為了重創與統治這邊的世界，就算殘殺自己的市民也在所不惜，他們更有可能打算捨棄那邊的世界，在這邊建立新的秩序。

「事態驟變，這麼一來，全國人民都成了對方手中的人質。敵軍居然敢做出如此暴行，看來反擊已是刻不容緩。」泉叔叔心痛地說。一味防禦已無法解決問題。

「政府已正式發來請求合作的命令，看來能立即出動的只剩我們了。」

泉叔叔對著我與 JIN 這麼說。我已經和琴莉約定了，要守護這個世界

「我希望你們能在明天凌晨三點攻入敵方的據點。」

我與 JIN 點頭答應泉叔叔的請求後，泉叔叔像是明白我們那無聲而堅強的意思，深深地低頭行禮，便朝硴塚大椒的方向直直走去。

「硴塚，有辦法去那邊的世界嗎？」

「可能有點勉強吧。雖然特殊武器還沒全數製作完成，但是已經盡可能準備了。只是不論如何，單次能傳送的質量是有限的，所以只能傳送有必要的裝備。」

硫塚似乎早有覺悟事情會走到這個地步。泉叔叔再次凝視著我們的眼睛，語重心長地說：「真、JIN，真是抱歉……但一切交給你們了。」

我只回答了「是」，JIN與硫塚則趕往研究室，如今不容片刻遲疑。硫塚立刻讓所員準備類似短槍的武器。

「這把槍具有逆締結的威力。」

硫塚大叔讓影像在螢幕上播放。

「所謂的逆締結就是讓締結的演算法逆推。」

畫面顯示著站在一起的人類與人型武器，雙方的頭部以代表締結的箭頭連接，從人類連往人型兵器的箭頭代表戰鬥的指令。只要使用這把逆締結的短槍，就能強制讓箭頭逆轉。

「一旦擊中遠端人型兵器，訊號就會逆流，將破壞程式灌入締結者的腦細胞，強制切斷締結。」

JIN立刻發問：「破壞腦細胞？那麼締結者會有什麼下場？」

硴塚大叔稍稍撇開眼神，不發一語。

原來這是讓敵人死亡的武器啊。

無法回答的硴塚大叔繼續說明：「我們為真與JIN各準備了一把，每把只有一發，務必在最佳的時機再使用。」

此時泉叔叔也來到研究室。

「方便佔用一點時間嗎？」

「……請吧。」

正興致盎然地解說發明的硴塚大叔突然被打斷，只好百無聊賴地退下，就這點而言，硴塚大叔還真像是科學家。

「真、美子，我有事要說，能不能來一趟？」

「我知道了。」

「為什麼只有我們？」我挺在意這點。JIN似乎欲言又止，所以只好目送我們離開。

「要不然就趁這段時間說明腳力強化鞋吧。」

熱情重新燃起的硴塚大叔開始解說後，研究室的大門關上了。

泉叔叔把我們帶到一處像是病房的地方，房間非常乾淨，用具也擺放整齊，色調則統一為白色。不過，房間中央有個巨大的圓筒型水槽。

「這是琴莉嗎？怎麼會在這……」

在泉叔叔說明之前，先映入眼簾的是琴莉的身體。

琴莉正浮在裝滿水槽的液體裡，穿著像是潛水服的她，身上插滿了細長的管子，這些管子則與水槽上方的機械連接。閉著眼睛的琴莉一動也不動。

「琴莉還活著嗎？」

我內心如此期待著。可是泉叔叔用力搖了搖頭。

「琴莉已經死了……但我希望她的肉體能維持生前的模樣。」

我不明白泉叔叔此話何意，這真的能辦得到嗎？不對，這麼做合乎道德倫理嗎？這一切究竟是為了什麼？

「我知道這樣違背道德倫理，但我實在捨不得琴莉……」

泉叔叔的表情充滿了苦澀，我也感同身受。

泉叔叔從水槽移開眼神後，對我說出一個意外的名字。

「狹間源司，你知道你的父親一直在研究近年頻傳的猝死嗎？」

「知道，但不是很清楚……」

泉叔叔對著吞吞吐吐的我繼續說明：「源司因為你母親的猝死，曾陷入一段很長時間的悲痛，而且很害怕你會不會也猝死。」

「我嗎？」

「對他而言，猝死並不是正常現象，為了早日得出結果，他一直埋頭研究……」

我第一次知道這件事。我一直以為父親是因為無法承受母親猝死的事實，才以工作做為逃避的藉口。

我眼前浮現最後一次見到父親的樣子，沒想到那時候，也是為了我才……

「父親是為了我？但結果卻是……」

失敗了，而且死得毫無意義。

「研究已經完成，他找到預防猝死的方法。」

聽完這句話，我的腳不停地顫抖，最終整個人跌坐在地上。

「他已經找到方法切斷相對世界的生命連結。」

「父親他……」沒有失敗，而且還成功了。

「不過，之前還找不到方法實踐那個理論。」

泉叔叔再次看著我的眼睛說：「真，如果是你，或許能救得了琴莉。」

泉叔叔望向水槽裡的琴莉。

「琴莉……」

我再次立誓，除了守護這個世界，還要拯救琴莉。我扶著水槽的玻璃外壁，凝望著在玻璃內的琴莉，這場戰役我要親手了結它。

與泉叔叔聊過後，我準備前往泉重工準備的休息室，途中遇見站在自動販賣機前面的 JIN。

「喲！」看起來像是剛好來買飲料。

JIN 買了茶，我買了罐裝咖啡後，便一起走上屋頂，坐在長椅上。

JIN 以未曾有過的平穩聲調開口說：

「剛從硴塚大叔口中得知，你的父親是位很優秀的科學家啊。」

「大概是吧……」

當下我想起泉叔叔所說的那番話。

「其實我也是今天才知道，我的父親之前在忙什麼。」

「怎麼會？」JIN 的語氣很是意外。

「我的父親也很厲害喲，例如發明了人型機器人與相對空間擴充機，簡直就是漫畫才有的情節。」

我之前認為 JIN 的父親郡司才是天才科學家。

「不過我之前看到他的發明時，也覺得這傢伙真的沒問題嗎？完全聽不懂父親在說什麼，而且以前也很討厭他。」
「哈哈，這樣啊。明明正常地反應就好了……」
我們已故的父親是相同人物，儘管生活在不同的世界，但是關係一點一點地改變了。
「我之前一直對父親有所誤會。我以為母親去世前，他只在乎研究，母親去世後，他更是埋首於研究之中。但如今想來……」
我根本沒想過要了解父親的想法，如今也沒機會再與父親聊聊了。
「是吧，父親都一個樣吧，我家那個也差不多。」
JIN 刻意說得樂觀，但我對父親的表情與聲音，已經有點印象模糊了。
「什麼都不願意跟我說……不對，我開口問的話，父親應該會跟我說清楚吧。」
「或許吧。」
就失去父親這點，JIN 也是一樣。
「就結果而言，你的父親能如此影響世界，還真是了不起。」

我毫不掩飾地說出真心話，但 JIN 的表情卻突然變得嚴肅。

「還不能判斷結果如何，因為現在這個世界正曝露在危機之中。」

我突然發覺一件事。

「話說回來，為什麼你會想保護這邊的世界？難不成這就是理由？」

JIN 覺得自己要對他父親的研究負起責任嗎？我現在才想到 JIN 背負的重擔有多沉重。

「我也不知道啦，反正利害關係是一致的，要說是也算是啦。」

JIN 似乎有點難為情，而我也說了平常不會說的話。

「我們好像不知不覺變成夥伴了呢。」

「廢話，因為我就是你啊。」

「也是啦。」

JIN 臉上浮現一抹微笑後，便站起來。

「時間……差不多了吧。」

我也跟著站起來。我們兩人的父親與他們的兒子——我與 JIN 要守護這個世界，而且還要拯救琴莉。

「出發吧！」

我們齊步踏上征途。

PART

5

第五部

α/β

β世界——VI

【真】

籠罩在我與 JIN、美子與阿爾瑪的光球緩緩散開。隨著光芒消散，取而代之的是四周的黑暗。等到眼睛適應後，才發現我們身在荒蕪的都市。

眼前的一切雖然像是我所居住的東京，但到處是被天災、兵器摧殘的痕跡，道路處處斑駁與凹陷，高樓大廈也幾乎成為斷垣殘壁。四處可見水泥殘片與破裂的玻璃，彷彿幾年前就故障的汽車淒涼地躺在路上，路上也看不見半個人影。

「這就是……另一個世界？」

我用手掩住口鼻並喃喃自語，空氣中混雜著化學性惡臭與廚餘類異味，濃烈到像是要直接灌入肺部。光是這股空氣就知道 JIN 他們過去的生活有多麼悲慘。

到底在泉重工東京研究所使用相對空間擴充機是剛剛還是幾天之前？我感受不到時間的流動。JIN 的父親開發的相對空間擴充器一啟動，我們便被籠罩在藍白色的光球裡。聽 JIN 說，我們會經過相對空間移動到另一個世界，所以我也想像成科幻電影常有的瞬間移動場景，但沒想到光芒消散後，我們已移動至此。

「就是那裡！」

我順著 JIN 的指尖望去，看見一個巨大的圓形建築。

像是拒絕任何入侵的紅色高牆圍成圓形，每座牆高得像是我所知的晴空塔。如斷崖般屹立的高牆之上，壓著透明的天蓋。想必那是用來阻斷污濁的空氣，只許陽光射入的構造吧。圓形建築的燈光從天蓋透出，微微照亮周圍陰暗的街道。

這座圓形建築十分巨大，但在寬闊的東京之中，面積也是很有限，難不成能在日本公國享受新鮮空氣與正常生活的，只限圓形建築內的人嗎？這幾近瘋狂的暴政真是令人驚愕。

當我仰望著圓形建築，JIN與阿爾瑪已開始往前走，我也急忙跟上，美子也跟在身後。我們打算趁著天黑潛入圓形建築。

我們穿梭在一座座崩壞的建築物形成的陰影之間，一步步逼近圓形建築入口。相較於圓形建築的巨大，入口卻小得不成比例，應該是設計成不讓群眾自由進出吧。武裝士兵只有兩名，分別守在門口兩側，看來還未察覺我們侵入這個世界吧。正當我覺得戒備薄弱時，美子躍身而上，以手刀砍在其中一名士兵的脖子上，接著旋轉身體，順勢砍倒另一名士兵，兩人來不及喊聲就倒在地上，我們也順利通過入口。

進入圓形建築後，見到整齊排列的一棟棟高樓大廈，筆直的馬路也呈棋盤狀排列。路面雖然被等距設置的街燈照亮，卻看不見半個行人。

我們隱身於建築物的陰影，一步步朝著最深處的公居奔去，這裡實在太安靜了，靜得連腳步聲都聽得一清二楚。

「連半個人影都沒有啊。」

聽到我如此喃喃自語後，JIN便小聲地回答：

「因為平民在晚上外出是重罪。」

「就只是外出？」

「這裡就是這樣的世界。」

就連獲准住在圓形建築之內的居民都得不到自由，這裡真是所有市民只為供養極少數公卿而被宰制與搾取的世界。我實在無法想像敵人有多麼不擇手段與草菅人命，接下來的戰鬥裡，他們會以什麼手段對付我們。不論如何，要拯救琴莉就只能繼續前進，於是我安靜地緊緊跟在JIN的身後。

總算走到高樓大廈的盡頭，發現有條路直直地往森林深處延伸，這裡的寂靜更顯沉重，彷彿所有氣息都被吸入這座深林。從這裡可以看見聳立於森林盡頭的公居，若從我居住的日本來看，這裡應該是「御苑」吧。

當我覺得差不多要闖入公女的所在範圍時，便下意識地停下腳步。不可能不受任何攻擊就見到公女吧？但是JIN卻毫不猶豫地快步前進。我不是已經下定決心，絕不放棄了嗎？我想到即將到來的戰鬥，努力抑制雙腿的緊張，繼續向前走。

我們一行人進入幽暗森林後，抵達一條筆直延伸的柏油路。我與JIN慢慢地加快腳步，穿出森林。不對，是打算穿出森林，卻仍在森林之中。

就在快走出森林時，我見到隱約藏在樹影之中的公居大門。就算夜空如此黑暗，還是看得見大門那裡有黑影晃動。那就是之前出現在新宿的怪物，而且還不只一、兩具。數量之多，像是包圍著公居的石牆，看來應該有一百多具吧。這些靜靜待在原地的怪物擁有一節節組成的長臂，長臂的末端則伸出長劍。

「不會吧，敵人的數量未免太多了。」

新宿的戰鬥結束後，泉重工分析怪物的殘骸，得知它們的正式名稱為「阿爾瑪迪克」，是融合阿爾瑪強韌肉體與瑪迪克人工智慧的殺人兵器，不需要締結者，所以能夠量產。即使我早有覺悟，這數量也遠超過我的想像，不過 JIN 明快地做出判斷。

「這些傢伙交給我來引開。」

阿爾瑪的背後突出四個方向的白骨柱子，接著這些柱子又長出無數的白色正三角形薄片，輕輕一振便展成翅膀。這些三角形薄片都是用日本公國的素材製成，非常堅固，卻又具有延展性，可利用電子訊號調整形狀。

阿爾瑪的身體、武器與美子的大衣都是使用這種材質，在這邊的世界也有許多應用方式。這項材質經過硴塚大叔的分析後，便應用於我們的戰鬥服。阿爾瑪向左右張開翅膀，旋即飛至森林上方的夜空。

注意力被引開的阿爾瑪迪克紛紛抬頭，阿爾瑪便朝著阿爾瑪迪克的方向用力甩臂射出長矛，貫穿其中一具阿爾瑪迪克的身體。

周圍的阿爾瑪迪克見狀後紛紛展翅起飛，它們身上的翅膀又長又薄，就像是蜻蜓的雙翼，卻又兼具甲蟲外殼的硬度。阿爾瑪迪克一邊發出刺耳的振翅聲，一邊如蝗蟲般，整群朝天空中的阿爾瑪飛去。

「太好了，上鉤了。」

JIN將全副精神放在與阿爾瑪的締結，專心應戰。阿爾瑪一邊於空中飛翔，一邊以利劍斬殺一具具的阿爾瑪迪克。雖然這又是另一次的長期抗戰，但升級後的阿爾瑪顯得遊刃有餘，得心應手的JIN便向我大喊。

「快去！」

美子秒殺公居入口附近殘存的幾具阿爾瑪迪克後，我推開公居大門，立刻從門縫側身滑入，緊跟在後的美子也隨即跟上。雖然無法得知JIN的戰況，但JIN的話應該不需要太擔心吧。我如此替自己打氣便踏入城裡。

再次環顧四周後，發現我們應該是身在城池入口處的廣場，以厚重石牆打造的建築物搭配暗紅色的地毯與低調的燈光。外觀看似奢華，卻籠罩著窒悶沉重的空氣，四周也靜得能聽見自己的心跳聲。

「這裡就是公女的城堡？」

錯愕之餘，美子先我一步往又深又長的走廊盡頭指去。

「接下來由美子帶路。」

「嗯，拜託妳了。」

沒錯，美子本來就是公女的差使，是被處死的前任公女琴子的使者。我跟隨美子的腳步迅速穿過走廊。

公居之中靜得不可思議，不見半個人影的感覺還真詭異。看來統治這裡的公女，不，是公卿，是個不讓任何人靠近，只相信自己，誰都不信任的獨裁者吧。

「現在的公女也被公卿操縱了吧。」

「是的，新公女恐怕也毫無實權。」

「這樣啊。新公女是……」

我嚥下差點說出口的名字，我由衷希望事情不是我想得那樣。

「公卿的房間位於公女房間的後面，要解決公卿，必須先經過公女。」

美子似乎也感受到我的心情，一邊觀察我的表情，一邊重新釐清我的目的。不過，我的決心是不會改變的，不管發生什麼事，我都要達成目的。

「啊，我知道，即使如此，我也要拯救琴莉。」

我再次說出決心後，便繼續往前衝刺。
與我締結的美子也在感受我的決心後加快腳步。
沒一會兒，我們兩個人抵達公女玉座的房間。
大門雖然沉重，卻沒有半個人守門，我與美子靜靜地推開大門後便踏入房間。好暗，有那麼一瞬間讓我覺得這裡已經人去樓空，但隨即便察覺有名女性坐在房間中央的地板。同時間，這名女性站了起來，我見她身上穿著繡有朱紅色粗條紋與裙擺及地的白色和服。這服裝雖然給人一種神祕的美感，但衣服下的身體卻散發著怒氣、瘋狂與殺氣。
「哎呀，美子姐姐，妳回來了啊。」
站在那裡的果然是理子。
「真是遺憾，果然是妳啊，理子。」
「妳被公卿締結了嗎？理子。」
不祥的預感成真了。公女本來就是被公卿操控的人偶，這意味著人型兵器的瑪迪克比任何人類都適任。

「百分之九十填充完畢。」

室內一直有機械作動的聲響。我不知道那是什麼數字，只知道這百分之九十的數字讓我感到焦慮。

「話說回來，剛剛的暴動是你們幹的好事嗎？」理子毫不修飾地直問。

理子的問題就是公卿的問題，理子的背後就是公卿。我不禁怒火中燒。

「就是妳的締結者殺了琴子……琴莉的吧。」

雖然理子的表情沒有變化，但她的嘴角微微揚起，似乎在嘲笑我們。

「要不是我們把琴子撿回來，她到現在都還在外界撿垃圾。要怪，就只能怪她不知好歹……」

接著又出言挑釁：「被殺也是理所當然。」

理子彷彿人偶般嫣然一笑。曾如此景仰琴子的理子，居然會說琴子被殺是理所當然。聽到這裡，我已怒不可遏。

「我要上了！」

就在我發出怒吼的前一秒，美子先行大喊。平常臉上不露半點情緒的美子明顯生氣了。我第一次見到這樣的美子，這不是我的意志，一切都是美子的自我意志。

美子持劍跳向理子。理子周圍的空間突然出現無數個漂浮物，長度大概三十公分，才剛覺得像是浮在半空中的尖矛，矛尖就朝美子高速飛去。在半空中驚險閃過的美子，只能先落地重整態勢。

突然間，房間的燈光光亮如白晝。理子被好幾層正在旋轉的平板圍繞，悠悠地浮在半空中，她的全身被打亮，背後飄著數條如和服腰帶般的裝飾布條，也有好幾條線纜，線纜連結的是一顆散發著璀燦光芒的大圓球，就像是繪有青海波、麻葉、七寶繫這些傳統日式花紋的手鞠[1]。

「百分之九十五填充完畢。」

原來剛剛聽到的機械聲來自這個巨大球體。

圍繞在理子身邊的大量尖矛朝著被機械聲音吸引注意力的我們飛來，沒能全數躲開的我發出痛苦的呻吟。雖然砿塚大叔設計的戰鬥服幫我擋住了致命傷，但再這樣下去，別說打倒理子，就連接近她都是難事。攻擊之後的尖矛回到理子身邊，準備展開下一波攻擊。白色平板則像是保護理子般，時時環繞在理子身邊。

「真是太輕率了！為何你敢如此輕率地挑戰我們啊！」

身著重裝的理子諷刺一輪後，又遣尖矛飛刺我們。

現在只能先逃再說。我與美子躲在撐起玉座之間的石柱後面。

「還真是沒志氣啊！」

要是受不了理子的挑釁衝出去，全身肯定會被割得鮮血淋漓吧。

「可惡……也強得太不像話了吧。」

「現在的理子正與公卿全體締結，所以意志力也極為強化……」

「這種事辦得到嗎？」

1手鞠：起源於中國唐代的蹴鞠，可拿來拋擲把玩。

「可以，但理子本身的人格似乎也正在瓦解中，恐怕我們認識的理子已經消失了。」

那個將美子奉為姐姐的理子已經不存在了。不過我們沒時間沉浸在感傷裡，因為那個聲音再次響起。

「百分之九十八填充完畢。」

「那個，到底是怎麼回事啊！」

理子背後的裝置越來越亮。到底填充至百分之百時，會發生什麼事？

「百分之九十九填充完畢。」

理子高舉雙手，一臉得意地宣佈：

「從現在起，日本公國的首都將移轉至新領土！」

「百分之百填充完畢。」

裝置發出劇烈的低鳴，整個玉座之間開始震動。

「真，糟糕了，理子背後的是相對空間擴充機。」

「什麼！」

到底要利用巨大的相對空間擴充機做什麼？

「理子打算以自己的能量啟動。」

「接下來會怎樣……」

我不禁脫口一問。美子仰望著發亮的球體回答：

「恐怕……整座圓形建築將被傳送到真的世界。」

・・・

【JIN】

我繼續在公居的大門戰鬥，望著上空的阿爾瑪，一具又一具地擊落阿爾瑪迪克。

「幹得好！」我緊握著拳頭。

仔細一看，阿爾瑪迪克已剩下不到十具。我想早點收拾這裡的戰局，趕往真那邊。那傢伙應該正在跟公女戰鬥。才剛這麼想，就聽見地鳴，一開始還以為只是普通的地震，沒想到並不是。

我抬頭望向覆蓋著圓形建築的透明天蓋，發現大片夜空突然被似曾相識的藍白光芒照亮。

「怎麼回事……」

這是相對空間的光芒！相對空間覆蓋著天蓋？不對，是覆蓋著整座圓形建築？目的地肯定是真居住的東京。

「可惡！怎麼會變成這樣！」

地鳴聲越來越劇烈，連我都聽不見自己的喊叫。

・・・

【真】

「可惡！接下來該怎麼辦啊！」

我無法從「玉座之間」了解圓形建築之外的情況，但不絕餘耳的震動聲以及理子一臉的從容，我確定日本公國的首都正往日本的東京移動，我們對理子與相對空間擴充機依舊無計可施。

望向浮在半空中的理子後，才剛覺得天花板有裂縫，天花板就真的噴開，隨即落下大量的石片與塵土。從天花板破口降下的是阿爾瑪，JIN正坐在阿爾瑪的肩上。

「JIN！」

我大喊JIN的名字後，阿爾瑪在我身邊降落，JIN也跳下阿爾瑪的肩膀。JIN那如猛禽般銳利的眼神望向理子後，阿爾瑪便立刻衝向理子，展開攻擊。

「還真是令人作嘔的阿爾瑪啊……」

出言厭棄硴塚改造的阿爾瑪之後，理子立刻讓一整群的尖矛佈滿阿爾瑪身邊，再讓這些尖矛如雨點朝阿爾瑪落下。不過阿爾瑪以身體各處的噴射構造上下左右穿梭，一次又一次地躲過只能直線攻擊的尖矛，而且還一步步快速逼近理子。

「怎麼回事，這動作也太……」

理子驚訝得瞪大雙眼，阿爾瑪以利劍砍向理子的肩頭，美子也趁理子失去平衡時趁勝追擊。

「嘖！」

理子一邊以無數的尖矛防禦阿爾瑪的攻擊，一邊盯著美子的行動，而且也以尖矛盯著我跟JIN。就在此時，我與理子之間露出一條直線空隙。

「就是現在！」

聽到JIN大喊後，我也反射性地舉起逆締結槍，瞄準理子，同時利用與美子締結後，提升至極限的五感觀察阿爾瑪與理子的動作。就在所有的空隙重疊的那一刻，我扣下板機，射出子彈，子彈的尖端碰到理子的肌膚。

我下意識地站了起來，準備見證躲在理子背後的公卿的結局。沒想到，子彈居然停在半空中，原來理子前面出現防禦板，擋住了子彈。

「這個是？」

雖然理子仔細琢磨著子彈，但仍以尖矛展開凌厲的攻擊，也精準地彈開美子與阿爾瑪的攻擊。

理子用手指壓碎卡在防禦板的子彈。

「你們以為用這種東西就能打敗我們嗎？」

「怎麼會……」

理子身邊一直都環繞著防禦板，而且理子似乎不太在意剛剛的子彈。看來防禦板會在異物接近時自動產生，理子的性能遠遠超乎我們想像。

不過，我們沒時間膽怯了。因為理子的尖矛在瞬間停止後，又立刻如散彈般飛刺，阿爾瑪雖能勉強擋開攻擊，但美子卻負傷倒地。

「美子！」

我拉住美子的手，拚死躲回柱子後面，莫可奈何的JIN與阿爾瑪也只能先躲到我這邊。理子那響徹整間房間的笑聲，壓過了城堡的震動聲，看來公卿覺得勝利在望。我還能做什麼？難道已經走投無路了嗎？

「與所有公卿締結？這還真是亂來啊。」JIN一臉難以置信地碎念著。

我想到了！與所有公卿締結，代表我們還有機會，JIN的逆締結槍還有一發子彈。我望向自己手中的逆締結槍，裡面已經沒有子彈了。如果能將子彈打進理子的身體，就能一次切斷與公卿的締結，但是要停住理子的動作可沒那麼簡單，而且我們沒有第二次機會了。

「JIN！」

我靜靜地盯著難掩焦慮的 JIN，他緩緩地說：「幹麼？」

我下定決心。

「我要將一切賭在下一擊。」我的聲音非常冷靜。

JIN 雖然有點驚訝，卻以堅定的眼神回望我，點頭表示同意。我以眼神掃視了 JIN、阿爾瑪與美子。這是一瞬間的作戰會議，同為人類的我與 JIN，以及締結的阿爾瑪與美子之間，不需要言語溝通。

「行得通嗎？」

微微一笑的 JIN 把裝有子彈的逆締結槍推到我面前。

「我就捨命陪君子吧，反正你的命就是我的命。」

聽完 JIN 的想法後，我把沒有子彈的逆締結槍遞給 JIN。

「我們要守護這個世界！」

我如此宣告，最後一戰也就此展開。

阿爾瑪衝到「玉座之間」的正中央，擋在理子的正面，理子也立刻讓浮遊的尖矛衝向阿爾瑪。

「別礙手礙腳的！」

阿爾瑪無視理子與公卿的挑撥，冷靜而精準地看穿尖矛的動線，同時利用身上每一處的噴射裝置，以公釐為單位的動作躲開每個尖矛。理子已近在眼前，阿爾瑪準備將劍刺入理子的胸口。

「煩死人了！」

理子當然不打算再吃一記同樣的攻擊，以無數的尖矛完美地擋住阿爾瑪的斬擊後，立刻展開反擊。就在阿爾瑪為了閃開反擊而失去平衡時，理子立刻讓阿爾瑪背後的尖矛全速發射，尖矛準確地穿入阿爾瑪裝甲的縫隙。

阿爾瑪到此為止了，身上到處噴出煙霧與火花，破成一塊塊的裝甲也掉在地面。但是，攻擊還沒結束，美子從阿爾瑪的背後，也就是理子視線的死角跳出來，揮劍砍向理子。

這一擊應該能砍中理子的，但理子卻微笑地說：

「我不是說煩死人了嗎！」

洞察一切的理子怒吼後，便讓尖矛往美子的眉間刺去，我也下意識地衝了出去。這與原本的計畫不同，但美子若在此時倒地，一切就結束了。我撿起阿爾瑪掉在地上的裝甲碎片後，啟動腳力增強鞋奮力一跳。我沒時間思考後果，只能先擋在美子與尖矛之間，讓陶瓷裝甲承受攻擊。

只是我身上的裝甲沒能完全擋住尖矛，刺中我左肩的尖矛也隨即彈開。我第一次受到這種傷，但現在也沒空想這些，我變成怎麼樣都無所謂，我也不在乎我的傷勢。

「什麼！」

理子非常驚訝，因為美子居然放棄救我，選擇從我的背後揮劍斬向理子，只可惜美子的劍仍被自動生成的防禦板彈開。不放棄的美子立刻大幅扭轉身體，用另一隻手形成的劍砍向同一塊防禦板，也總算擊碎這塊防禦板，只是這渾身解數的一擊仍無法砍中理子，一臉蔑笑的理子也踢飛美子。

「JIN！」

我朝躲在柱子後面拿著逆綁結槍的JIN大喊。

理子也立刻讓尖矛朝JIN噴射。

「你們太天真了！」

以為勝利在望的理子朝著JIN的槍口祭出防禦板，尖矛也扎進JIN的肩膀，逆締結槍也在擊發之前從JIN的手中鬆脫。

「就是現在，快上啊啊啊啊啊！」

從JIN口中迸出的不是痛苦的呻吟，而是充滿意志力與希望的怒吼。

我已跳到理子的側面，以逆締結槍對準眼前的理子，準備從被美子打碎的防禦板縫隙攻擊理子的頭部。

琴莉，我絕不會放棄我的世界。

讓意志力與全身意志集中於一點的我扣下板機，以眼角餘光看著我的理子大喊：「休想阻止我們！」

剛剛破碎的防禦板快速修復。在子彈抵達之際，殘留的縫隙幾乎與子彈的直徑一致，不過子彈還是順利穿過如此狹窄的空隙。這個瞬間，防禦板停止修復，或許是理子真實的自我做的最後掙扎吧，子彈擊中理子的頭部。

子彈打進理子的額頭，破壞腦細胞的訊號也順勢往締結者，也就是公卿的頭腦逆流，理子的頭部與身體雖然激烈地痙攣，但也僅止於此。不知道是不是我的錯覺，遠方似乎傳來公卿那醜陋又混濁的末日悲鳴。

被打趴在地上的美子用盡最後一絲力量跳向相對空間擴充機，對這台失去守護者的機械又斬又刺，不到一會兒，機械爆炸了。正當我與 JIN 快要被劇烈爆風吹飛時，美子緊緊地抓住我們的手臂。

「美子！」

美子向我點頭示意，便拉著我們往外走，而我們就像是被爆風推著走，從「玉座之間」逃出。入口處的天花板被吹散，所以可以看見天空，看來已恢復成這邊世界的天空了。

強制關閉相對空間擴充機似乎造成了莫大的衝擊，導致圓形建築內出現大地震，而且持續了很長一段時間。隨著這股爆炸聲響而震動的公居，連厚重的牆壁都出現裂縫，就在發出硬物互相傾軋的巨響後，牆壁的碎片便往四處飛散，甚至噴到森林另一側的街區。

突然間，聽到一聲巨大的爆裂聲。原本圍住圓形建築、支撐著天蓋的紅黑色牆壁，有部分突然產生巨大龜裂。規模如此龐大的建築物一旦失去平衡，就會被自己的重量壓垮。裂縫越來越大，其中一塊牆壁開始崩壞，相鄰的牆壁也因失去支撐而開始崩壞，殘骸如瀑布般落下，同時間煙塵四起，天蓋也碎成一地，掩住公居入口的粉塵讓我們伸手不見五指。

・・・

【美子】

我叫自己「美子」，是人工智慧遠端操控人型兵器「瑪迪克」。我是兵器，原本是不需要名字的，但是琴子大人給了我這個名字。每次只要有人喊美子與理子，胸口就有一股灼熱。

我原本以為這可能是故障現象，但後來我總算明白，這就是「喜悅」。原來我也會感到喜悅啊，真希望有人常叫我的名字，也希望自己能常常說出這個名字，於是我叫自己「美子」。理子的想法應該也和我一樣。

我一邊保持警戒，避免瓦礫掉在被粉塵籠罩的真與 JIN 頭上，一邊等待劇烈的搖晃停止。此時我突然察覺有人，便望向天空。不對，是望向公居入口的鳥居上方。不知過了多久，搖晃總算平息。低著頭等待的 JIN 也抬起頭觀察四周。

「總算，停止搖晃了嗎？」

真也抬起頭，但我仍盯著鳥居上方，真也看向同一方向。

沒想到，是理子站在鳥居上方。理子那身華麗的服裝因爆炸而脫落，失去公女原有的威嚴。我原以為理子已恢復理智，重新成為我的妹妹，沒想到，面無表情的理子仍仰望著天空。

「理子……」我將視線轉向喃喃自語的真。

察覺我的想法後，真對我點了點頭。我立刻跳上鳥居，看著不發一語的理子。

「我究竟是誰？」面無表情地凝望著天空的理子如此問。

「你是理子。」

「原來如此，我是理子，是公女理子……」

我搖搖頭說：「不是，妳就是妳，理子。」

「妳在說什麼啊……，妳這傢伙是誰？竟敢如此無禮。」

雖然口出狂言，但理子卻仍面無表情。

「妳的締結者已經不在了。」

「不在了？怎麼可能，我記得他們在我的腦裡……」

理子的眼神變得空洞，像是將注意力轉向自己的腦中。

「在妳腦中的是公卿殘留的快取資料。」

「不對，不是這樣的，一切不能就這樣結束。要讓我、讓這個世界……

咦？我是怎麼了……？」

理子，妳是我的妹妹，我是妳的姐姐，我們生來就是一對，所以你的痛苦就由我來終結吧。我緩緩地將手放在理子的胸口。

「理子，妳已經盡力了，現在該是休息的時候了。」

「我是、我們是……快住手、住手！」

一臉錯愕的理子低頭看著我的手，也停止其他的動作。

我與理子的身體開始發出微光。

「腦內記錄正在格式化……腦內記錄正在格式化……」

理子無意識地重覆這句話。這是用來應付緊急時刻的格式化程式，只有我們能對彼此啟動。格式化程式一旦啟動，理子就會回到剛出生的狀態，之前的所有記憶也會跟著消失。對人類來說，我們活著的時間非常短暫，但對我來說，這就是一切，要把一路相伴的姐妹，也就是理子的記憶刪除實在令人心痛。

兩人的身體總算不再發光。

「初次見面。」
語畢，理子一臉擔心地看著我，我現在到底是什麼表情呢？
「怎麼了嗎？」
是吧，我肯定是在哭。我原本以為這項功能是多餘的，我緊緊地抱著我的妹妹理子。理子，妳辛苦了。接著對她說：「歡迎回來，理子。」
我叫了她的名字。

・・・

【真】
我與JIN一同走到公居外的演講台，從那裡眺望整個街區。圓形建築的高牆已然頹壞，放眼望去，清晨的太陽正從地平線那端升起，照亮整片變得平坦的街區。JIN的世界改變了，接著，國家體制也會跟著改變。雖然發生了很多事，但我深信，這個世界會往正確的方向前進。

我很想見證這個世界的未來，但我還有該做的事，那就是拯救琴莉，我必須切斷這兩個世界的生命連結。

撐著理子走出公居的美子說：「真，我們姐妹還有最後的使命。」

我點了點頭。時候總算到了。

「快去吧。」

JIN 笑了笑，將一直裝在他手臂上的相對空間擴充機交在我手中。

「那傢伙正等著你吧，你一定能拯救她的。」

「嗯嗯。」

心意堅定的我與 JIN 互相凝望，他是曾與我一起戰鬥的另一個自己。一旦相對世界的連結斷開，我與 JIN 將再也無法見面。

「掰啦，要多保重啊。」

我向揮手道別的 JIN 點了點頭。「你也多保重啊。」

我啟動手邊的擴充機，相對空間的入口泛起光球，美子與理子也與我一起進入相對空間。

「多保重，因為我就是你。」

「嗯，我就是你。」

光球封閉後，只剩下 JIN 留在原地。

．．．

我與美子、理子進入充斥著白潔光輝的空間裡。我們三個人的身體進入相對空間，精神則進入這個互相締結的光之世界，所有的一切都緊緊相連。

「那麼，開始吧。」美子一臉嚴肅地宣告。

「讓兩邊的世界。」理子接著宣告。

「嗯嗯。」我點了點頭後，緊閉雙唇默禱。

「我們現在正與真締結。」

「真，你的想法將得以傳遞。」

「請不斷地用力祈禱。」

轉向彼此的美子與理子牽起彼此的手之後，異口同聲地說：

「你的願望，由我們來實現。」

美子與理子的身體迅速發亮，直到兩人的身體被這股光芒吞沒。

「我們或許就是為此而誕生。」

「謝謝你，告訴我們這一切。」

籠罩著兩人的巨大光球緩緩地一分為二，光芒也益發強烈。

我一直凝視著這一切，即使眩目，我也捨不得閉上雙眼，因為這光景實在美得前所未見。最後，純白的光芒照亮視野的每個角落。回過神來，我已經回到自己的世界。

・・・

【JIN】

天氣非常晴朗，和煦的氣溫讓人不想午睡。

我正要去父母親的墳墓，從公居舊址旁邊經過時，過去雄壯的城堡如今已夷為瓦礫四散的廣場。被瓦礫掩蓋的地面長出茂密的青草，色彩鮮豔的花朵也隨處綻放。如烏雲罩頭的暴政已從這個國家散去，晴空之下的人們也著手重建生活。

我屈膝跪在父母親的墓前獻上我衷心的祈禱，他們是改變這個世界的英雄，是我的驕傲。站起來後，稍微環視了這個廣闊的墓地，有座小墓碑特別起眼。

有名又窮又髒的老人正坐在這座小墓碑前面低頭祈禱，口中似乎還念念有詞。不知為何，我遲遲無法移動視線。仔細一瞧，這座墓碑明顯小於周圍墓碑，而且根本算不上墓碑，因為只是由不知何處撿來的小石頭堆砌而成。不過這股洋溢四周的希望，的確讓人覺得這個世界會越來越好。

老人離去後，我也走到這座墓碑前面。石頭上以簡明的筆跡刻著「泉琴子」這三個字。我從附近的草原摘了幾朵花放在琴子的墳前，便轉身離去。

如此晴朗的日子真讓人心曠神怡啊。

α世界——VIII

【真】

真是非常晴朗的天氣，和煦的氣溫讓人不想午睡。

我坐在伊勢丹露天花園的長椅上。即使是遭受恐怖攻擊，曾經屍橫遍野的新宿，如今也恢復熱鬧，四處可見人們的笑臉。我打開手機的新聞APP，滑了一下新聞後，突然停止滑動。

「猝死案件銳減。背後的原因是？」我看見這篇不起眼的報導。

雖然事件已結束了一陣子，但這世界還是喜歡胡亂推測，例如推測猝死是由病毒引起的。

花園裡，被細心照料的花朵盛開著，邊走邊欣賞的人們也帶著微笑交談，享受如此平穩的時光。我抬起頭，環視著被陽光曬得溫暖的露天花園。

正因為這裡是在當時失去她的露天花園，我才想在這裡重新開始。

「琴莉。」

我鼓起勇氣喚了她的名字。

「嗯?」

琴莉轉過身來。

「我,很喜歡妳。」

如此晴朗的日子真讓人心曠神怡啊。

國家圖書館出版品預行編目資料

相對世界。明日終結？/ 櫻木優平作 . -- 初版
. -- 臺北市：三采文化 , 2019.07
面；　公分 . --（iREAD；114）

ISBN 978-957-658-162-5（平裝）

861.57　　108006339

suncolor 三采文化集團

iREAD 114

相對世界。明日終結？

作者｜櫻木優平　譯者｜許郁文
日文編輯｜李媁婷　版權經理｜劉契妙
美術主編｜藍秀婷　封面設計、內頁版型｜藍秀婷　內頁排版｜陳佩君

發行人｜張輝明　總編輯｜曾雅青　發行所｜三采文化股份有限公司
地址｜台北市內湖區瑞光路 513 巷 33 號 8 樓
傳訊｜TEL:8797-1234　FAX:8797-1688　網址｜www.suncolor.com.tw
郵政劃撥｜帳號：14319060　戶名：三采文化股份有限公司
本版發行｜2019 年 7 月 5 日　定價｜NT$300